INTRODUÇÃO À LEITURA D'OS MAIAS

OUTRAS OBRAS DO AUTOR

Estatuto e Perspectivas do Narrador na Ficção de Eça de Queirós, Coimbra, Liv. Almedina, 1975.

Introdução à Leitura de Uma Abelha na Chuva, Coimbra, Liv. Almedina, 1980.

Fundamentos y Técnicas del Análisis Literario, Madrid, Ed. Gredos, 1981.

Construção da Leitura. Ensaios de Metodologia e Crítica Literária, Coimbra, I.N.N.C., 1982.

O Discurso Ideológico do Neo-Realismo Português, Coimbra, Liv. Almedina, 1983.

Dicionário de Narratologia (em colab. com Ana Cristina M. Lopes), Coimbra, Liv. Almedina, 1987.

Para una Semiótica de la Ideología, Madrid, Taurus, 1987.

Introdução à Leitura das Viagens na Minha Terra, Coimbra, Liv. Almedina, 1987.

Dicionário de Teoria da Narrativa, São Paulo, Ática, 1988.

A Construção da Narrativa Queirosiana (em colab. com Maria do Rosário Milheiro), Lisboa, Imprensa Nacional-Casa da Moeda, 1989.

As Conferências do Casino, Lisboa, Alfa, 1991.

Towards a Semiotics of Ideology, Berlin/New York, Mouton de Gruytre, 1993.

História Crítica da Literatura Portuguesa. O Romantismo (em colab. com Maria da Natividade Pires), Lisboa, Verbo, 1993.

O Conhecimento da Literatura. Introdução aos Estudos Literários, Coimbra, Liv. Almedina, 1995.

CARLOS REIS

Professor da Faculdade de Letras de Coimbra

INTRODUÇÃO À LEITURA D'OS MAIAS

7.ª EDIÇÃO
(95.º MILHAR)

ALMEDINA

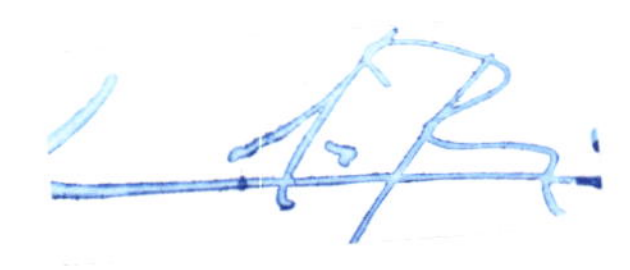

INTRODUÇÃO À LEITURA D'OS MAIAS

AUTOR
CARLOS REIS

EDITOR
EDIÇÕES ALMEDINA, SA
Rua da Estrela, n.º 6
3000-161 Coimbra
Tel: 239 851 904
Fax: 239 851 901
www.almedina.net
editora@almedina.net

PRÉ-IMPRESSÃO • IMPRESSÃO • ACABAMENTO
G.C. GRÁFICA DE COIMBRA, LDA.
Palheira – Assafarge
3001-453 Coimbra
producao@graficadecoimbra.pt

Março, 2006

DEPÓSITO LEGAL
79440/94

Para o Rodrigo,
meu filho

PREFÁCIO À 5.ª EDIÇÃO

Com a presente edição atinge este trabalho o número de 60 mil exemplares, desde o seu aparecimento em 1978. Já por essa aceitação com que um público maioritariamente estudantil tem distinguido este livro, poderia parecer desnecessário, à primeira vista, introduzir-lhe alterações em relação à anterior edição; penso, no entanto, que se justifica uma pontual revisão do texto, motivada pela necessidade de se ajustar o capítulo sobre a acção ao estado presente dos estudos literários, no que a esse aspecto do romance diz respeito. Aproveitou-se também a oportunidade para se actualizar a bibliografia que, como anteriormente, remete sobretudo para trabalhos consagrados a Os Maias.

Para além disso, mantém-se inalterada a intenção predominantemente didáctica que, desde a primeira hora, presidiu à concepção e escrita deste estudo.

C. R.

PREFÁCIO À 2.ª EDIÇÃO

Decorrido pouco mais de um ano sobre o seu aparecimento, surge agora a segunda edição desta Introdução à leitura d'Os Maias *praticamente inalterada em relação ao texto inicial. Com efeito, porque os seus intuitos fundamentais não consentiriam desenvolvimentos consideráveis, resolveu-se apresentar de novo ao público este trabalho sem modificações de vulto: apenas breves correcções de pormenor, bem como algumas achegas de ordem bibliográfica, umas e outras insusceptíveis de alterarem profundamente a feição deste livro. Uma feição que aposta sobretudo na clareza expositiva e no carácter de certo modo elementar dos instrumentos de análise adoptados, tal como o impõem os objectivos eminentemente didácticos que presidem a este estudo.*

Essa desejada clareza e o cunho elementar a que nos referimos não impedem que, já na leitura aqui proposta, se insista naquilo que a obra literária tem, afinal, de mais sedutor: o seu universo de sentidos, universo muitas vezes complexo e polifacetado, que, justamente por isso, só será devidamente compreendido desde que relacionado com o sistema de formas que o apoia e lhe dá coerência.

C. R.

PREFACIO

O trabalho que a seguir apresentamos é, antes de mais, um testemunho de admiração.

Admiração por uma obra que, até agora, não deixou de nos seduzir e surpreender pela infindável dose de novidade estética que sucessivas leituras têm nela descortinado. E isto pressupõe, desde logo, uma certa concepção de leitura, da qual não abdicamos: a de abertura à carga de prazer que tal acto, essencialmente emocionado e fascinado, sempre faculta.

Mas este sentido não elimina, antes solicita, um outro: o de compreensão crítica de um texto tão complexo como habilmente engendrado. O que quer dizer que aqui se procurará desvelar os mecanismos de constituição e significação estética de uma obra que, ocupando um lugar ímpar na literatura portuguesa, não teme confrontos com qualquer dos marcos fundamentais da história do romance.

Vinculado a um tempo de oscilação de valores e de profunda renovação estética, o romance que a seguir se analisa constitui igualmente, no conjunto da obra do seu autor, uma etapa crucial: a que coincide com a abertura a sendas inovadoras de criação literária, até então coarctadas pela disciplina naturalista. Por isso mesmo, não desprezaremos alusões comparativas que possibilitem o enquadramento d'Os Maias *na série literária em que se integram.*

Pretendendo-se introdutório, este estudo opta necessariamente por uma elaboração discursiva de tipo expositivo, mais do que especulativo; deste modo, confere-se-lhe uma dimensão didáctica a que não é estranho um certo esquematismo, justificado exactamente em função dessa dimensão. Esquematismo que não implica forçosamente simplificação redutora, mas antes uma tentativa de abordar de modo disciplinado um todo (o romance em estudo) cuja unidade orgânica se procurará respeitar, para que do encontro da linguagem literária com o discurso crítico não resulte a fragmentação da primeira.

A feição didáctica de que se reveste este trabalho implica, por outro lado, a adopção de critérios metodológicos de análise relativamente precisos. Sem procurarmos alardear uma terminologia teórica que, quando rebarbativa ou hermética, se revela contraproducente, não deixaremos, no entanto, de recorrer a instrumentos de abordagem crítica minimamente rigorosos.

Isto significa que desposamos aqui a ideia de que a leitura crítica do texto literário atingiu já um nível de especialização que impõe responsabilidades irrecusáveis: por exemplo, a de optar por uma linguagem crítica que, sem ser abstrusa, elimine o amadorismo fácil ou o impressionismo inconsequente. Por isso, solicitaremos amiúde o contributo de disciplinas como a Estilística, o Estruturalismo ou a Semiótica literária, quando as circunstâncias o exijam ou as diversas facetas do romance o aconselhem. Mas tentaremos sempre reduzir esse contributo ao maior grau possível de simplicidade e eficácia, para que as qualidades estéticas do texto em análise — afinal a sua razão primeira de existência — não sejam sufocadas, mas antes valorizadas pela instrumentação teórica eventualmente privilegiada.

Resta explicar o carácter introdutório deste trabalho. Ele assume-se assim sobretudo porque refutamos vigorosamente qualquer leitura (utopicamente) definitiva da mensagem literária. Essencialmente plurissignificativa e aberta a diversas interpretações, ela só beneficiará se for encarada na condição de fonte inesgotável de significados e sugestões estéticas diferenciadas. Por isso mesmo, este estudo não pode deixar de constituir uma expectativa: a de que os vectores de análise que o sustentam venham a ser desenvolvidos e enriquecidos por outras leituras mais profundas desse espantoso monumento literário que são Os Maias.

C. R.

INTRODUÇÃO

1. Evolução literária

> Ah! se a nossa amada Lisboa, velha criada de abade que se arrebica à francesa, tivesse já compreendido o que, neste ano da Graça de 86, já largamente compreendeu a aldeia da Carpentras, famosa pela sua caturrice — que o naturalismo consiste apenas em pintar a tua rua como ela é na *sua realidade* e não como tu a poderias idear na *tua* imaginação — seria honrar o teu livro suspeitá-lo de naturalismo! (1).

Ao escrever estas palavras, em 1886, Eça de Queirós encontra-se num momento fundamental da sua evolução literária. Ausente da pátria, desiludido pela incompreensão a que, entre nós, fora votada a estética naturalista, o Eça que assim se lamenta ao Conde de Arnoso, no prefácio dos *Azulejos,* não é já, certamente, o mesmo que publicara, em 1878, *O Primo Bazilio.* E mesmo esse, o romancista experimental debruçado sobre a temática do adultério, não desposara, desde o início da sua carreira literária, o magistério de Zola.

Com efeito, uma visão de conjunto da obra de Eça de Queirós revela-nos, antes de mais, um escritor polifacetado, porque responsável por uma produção literária que pode ser distribuída por três sectores: há um Eça romântico (o das *Prosas Bárbaras* (1866-1867) e o da primeira versão do *Crime do padre Amaro* (1875)); há, depois, um Eça progressivamente

(1) E. de Queirós, *Notas contemporâneas,* Lisboa, Livros do Brasil, s/d., p. 101.

atraído pelos valores do Naturalismo (na segunda e terceira versões do *Crime do padre Amaro* (1876 e 1880) e no *Primo Bazilio* (1878)); há, finalmente, um Eça ecléctico, isto é, aberto a várias tendências estéticas e sobretudo não enquadrado de modo rigoroso em qualquer corrente literária específica (*O Mandarim* (1880), *A Relíquia* (1887), *Os Maias* (1888), *A correspondência de Fradique Mendes* (1888), *A ilustre casa de Ramires* (1897) e *A cidade e as serras* (1899) (2).

Quando, em 1866, começaram a surgir, na *Gazeta de Portugal*, audaciosos folhetins da autoria de um jovem de aspecto simultaneamente exótico e sombrio (3), estava-se perante um tipo de escrita que chocava fortemente a sonolenta opinião pública lisboeta. Em grande parte, o escândalo suscitado pelas *Prosas Bárbaras* advinha das inovações estilísticas que os seus folhetins constituíam: linguagem exuberante, algo desordenada sintacticamente, carregada de adjectivação por vezes incoerente, ela rompia frontalmente com as preocupações formais que caracterizavam a segunda geração romântica (4). Mas é preciso dizer também que, igualmente do ponto de vista temático, esses textos nada tinham que ver com a atmosfera melancólica, medievalizante e soturna da poesia de Soares de Passos, Tomás Ribeiro e João de Lemos; influenciado especialmente por escritores como Hoffmann, Heine, Edgar Poe, Baudelaire e pelo Flaubert de *Salammbô*, o Eça desta fase deixa-se seduzir, em particular, pela temática da morte e da decadência física (por exemplo, no folhetim «Farsas»), ao mesmo tempo que se compraz na contemplação de personagens de dimensão satânica (por exemplo, em «O Senhor Diabo», «Mefistófeles» e «Onfália Benoiton»). A par destes temas, manifesta-se também a adesão a uma poética de conota-

---

(2) Ver um quadro cronológico da bibliografia queirosiana (romances, novelas, contos, crítica literária, prefácios, artigos de jornais, polémicas, etc.) em João GASPAR SIMÕES, *Vida e obra de Eça de Queirós*, 2.ª ed., Lisboa, Bertrand, 1973, pp. 701-715. Para referências mais sistemáticas: Ernesto GUERRA DA CAL, *Lengua y estilo de Eça de Queiroz. Apêndice: bibliografia queirociana sistemática y anotada e iconografia artística del hombre y de la obra*, Coimbra, Acta Universitatis Conimbrigensis, 1975, I tomo (bibliografia activa).

(3) Jaime BATALHA REIS deixou, na introdução às *Prosas bárbaras* (Lisboa, Livros do Brasil, s/d., pp. 7-46) uma sugestiva imagem do Eça desta época e da atmosfera (ainda romântica) que o envolvia.

(4) Cf. Ernesto GUERRA DA CAL, *Linguagem e estilo de Eça de Queiroz*, Lisboa, Aster, s/d., pp. 72 ss..

ções panteístas (que alguma coisa deve ao Antero da *Odes Modernas*) e a uma concepção transmigratória da existência:

> E o corpo diz à alma:
>
> «Adeus para sempre! Ó exilada divina, tu vais morrer! ó flor dos sonhos, tu vais desfazer-te com todos os teus aromas! (...) Eu vou andar errante e perdido no mundo, por entre a matéria enorme. Vou andar nas árvores e nos astros, nas escamas dos peixes e na luz dos cometas; nas rosas e nos olhos das mulheres lascivas. Vou talvez cobrir as maiores tristezas vivas, ser a folhagem dos ciprestes, e o farrapo dos mendigos! E tu vais sumir-te, ó alma doce e dolorosa!» (5).

Mas as *Prosas Bárbaras* não deixam de revelar igualmente os primeiros afloramentos de uma aproximação crítica da realidade; estamos a referir-nos, em particular, a um texto intitulado «Lisboa». Nesse folhetim, para além da insistência nalguns dos valores já referidos, inaugura-se praticamente o tom cáustico que se exercerá de modo sistemático nas *Farpas* e que os romances naturalistas hão-de conjugar com a demonstração de teses sociais:

> Atenas produziu a escultura, Roma fez o direito, Paris inventou a revolução, a Alemanha achou o misticismo. Lisboa que criou?
> O Fado (6).

Uma entoação ainda romântica é também a que caracteriza a primeira versão do *Crime do padre Amaro,* publicado em 1875 nas páginas da *Revista Ocidental.* Estilisticamente próxima das *Prosas Bárbaras,* esta primeira versão elabora, na figura de Amaro, uma personagem ainda de conotações românticas, como demonstrou Alberto Machado da Rosa (7). Ao mesmo tempo, não se encontram ainda maduros os

---

(5) E. DE QUEIRÓS, *Prosas bárbaras,* ed. cit., pp. 58-59.

(6) E. DE QUEIRÓS, *Prosas bárbaras,* p. 190.

(7) *Eça, discípulo de Machado?,* Lisboa, Ed. Presença, s/d. pp. 101 ss.. A edição crítica das três versões foi feita por Helena CIDADE MOURA (E. DE QUEIRÓS, *O crime do padre Amaro,* Porto, Lello, 1964, 2 vols.). A partir desta edição crítica facilitaram-se consideravelmente os estudos virados para as diferenças registadas, em diversos aspectos, pelas sucessivas versões; cite-se o de Maria LUÍSA NUNES, *As técnicas e a função do desenho de personagem nas três versões de O crime do padre Amaro,* Porto, Lello, 1976.

mecanismos de inserção social das personagens, o que retira ao romance a profundidade crítica que as versões posteriores revelarão.

Com efeito, é na segunda versão do *Crime do padre Amaro* que se pode considerar iniciada a fase naturalista de Eça de Queirós, se quisermos aceitar, apenas por razões didácticas, a tripartição que inicialmente sugerimos. De qualquer modo, há que ter em conta que a estética naturalista se encontra aqui presente ainda de modo superficial, como acentuou Machado da Rosa no estudo citado: tenha-se em conta, especialmente, a atracção experimentada pelo romancista em relação ao despudor e à crueldade de pormenor com que determinadas situações são representadas. De qualquer modo, a figura de Amaro surge já despida das suas roupagens românticas e irreversivelmente influenciada pelo meio em que se encontra inserida.

Influências do meio e condicionamentos educacionais serão, aliás, as linhas de força fundamentais do *Primo Bazilio*. Explorando a temática do adultério e da educação romântica, com o *Primo Bazilio* (subintitulado «Episódio doméstico») estamos no centro da reforma de costumes e mentalidades proposta pela Geração de 70 nas Conferências do Casino; mas estamos, ao mesmo tempo, no domínio de uma espécie de exemplificação romanesca. De facto, *O primo Bazilio* constitui sobretudo a demonstração de determinadas teses enunciadas já por Eça nas *Farpas* (8); textos como «A multa municipal para o lirismo sentimental», «O teatro em 1871» e sobretudo «As meninas da geração nova em Lisboa e a educação contemporânea» e «O problema do adultério» são muito claros quanto ao processo de crítica que desenvolvem: a denúncia do tipo de vida da mulher burguesa na Lisboa da Regeneração, vida em que Romantismo deletério, ociosidade e sedução pelo adultério se interpenetravam. Tudo, afinal, o que havia de conduzir Luiza à fatal atracção por Bazilio.

Com a terceira versão do *Crime do padre Amaro,* romance agora amadurecido e tecnicamente adulto, alteram-se as premissas, mas

---

(8) Em 1890, as *Farpas* da responsabilidade de Eça seriam publicadas em livro, com o título *Uma campanha alegre;* significando alguma coisa em termos de regressão ideológica, o título referido pretendia esvaziar de contundência essa intervenção crítica que, juntamente com Ramalho ORTIGÃO, o autor do *Primo Bazilio* tinha assumido em anos mais buliçosos (veja-se a «Advertência» de E. DE QUEIRÓS, *Uma campanha alegre*, Porto, Lello, 1969, 1.º vol., pp. 5-10).

mantém-se, na essência, a índole experimental do romance naturalista. É a altura de se demonstrar o carácter pernicioso de factores sociais como o sacerdócio sem vocação e a educação religiosa tendente à divinização do padre; e, tal como no *Primo Bazilio,* o que Eça pretende atingir são ainda males sociais de representatividade ampla, como o demonstram igualmente certos textos das *Farpas:* «Os missionários e o seu ramo de negócios», «Os missionários no Porto» e, em parte, «As meninas da geração nova em Lisboa e a educação contemporânea» são testemunhos muito significativos; eles prenunciam já o romancista interessado nas deficientes interpretações da prática religiosa, romancista que, por meio da intriga do *Crime do padre Amaro,* demonstrava afinal a justeza das suas teses.

2. A crise do Naturalismo

Estamos, portanto, perante a vigência das normas do romance naturalista, fundamentado na informação ideológica positivista que lhe subjaz e em anseios de profilaxia social provenientes do ideário de Proudhon; a demonstrar que Eça tinha um conhecimento das normas referidas (embora não demarcasse as fronteiras entre Realismo e Naturalismo), aí está o tom programático de um texto escrito para ser prefácio da terceira versão do *Crime do padre Amaro* (9). Mas é importante dizer também que esse mesmo texto, de cariz polémico evidente, acabou por ficar na gaveta; o que parece sugerir que alguma coisa começava a ser posta em dúvida. Ou, por outras palavras: no momento em que Eça domina, na teoria e na prática, os segredos do romance naturalista, parece iniciar-se também uma certa descrença pessoal quanto à viabilidade estética desse tipo de romance.

Se este facto surgisse isolado, talvez ele não bastasse para atestar o início da crise do Naturalismo queirosiano. Mas a verdade é que outros se lhe agregam.

---

(9) E. de Queirós, «Idealismo e realismo», in *Cartas inéditas de Fradique Mendes e mais páginas esquecidas,* Porto, Lello, 1965, pp. 165-183. O texto em questão constituía, em grande parte, uma resposta às críticas de Machado de Assis ao *Primo Bazilio* e à segunda versão do *Crime do padre Amaro.*

O próprio *Crime do padre Amaro,* desde que sujeito a uma leitura virada para a problemática especificamente técnico-narrativa, mostra sinais muito claros da desvalorização da estética naturalista. Situam-se esses sinais, por exemplo, no âmbito da perspectiva narrativa, domínio fulcral, como veremos, no conjunto de recursos estéticos a que *Os Maias* recorrem. Com efeito, se no *Primo Bazilio* se utilizava, em grande parte, a focalização de tipo omnisciente, sobretudo quando se procurava caracterizar personagens, no *Crime do padre Amaro* a situação altera-se; agora, também a focalização interna (e, desde logo, a subjectividade das personagens) se encontra privilegiada: tenha-se em conta todo o capítulo V, dominado pela auto-análise de Amélia, apenas esporadicamente corrigida ou completada por intrusões do narrador. Isto significa, por outras palavras, que um sector fundamental da diegese naturalista — a definição das premissas temperamentais, educacionais e biológicas que afectam as personagens — tende a escapar ao controle omnipotente e omnisciente do narrador responsável pela representação da história. O que faz pensar num recurso à perspectiva das personagens fora do quadro e das imposições próprias do Naturalismo (10).

Porém, a crise do experimentalismo literário queirosiano não se compreende cabalmente sem passarmos por uma outra, sintomaticamente (tal como o «malogrado» prefácio da terceira versão do *Crime do padre Amaro*) deixada inédita. Estamos a referir-nos ao *Conde de Abranhos,* escrito, segundo João Gaspar Simões, em França, no ano de 1879 (11), isto é, um ano antes da publicação definitiva do *Crime do padre Amaro.*

A história do *Conde de Abranhos* é conhecida: trata-se, fundamentalmente da carreira de um político típico do sistema constitucional e parlamentar português. Decorando as «sebentas» e adulando os mestres, em Coimbra; mais tarde, já em Lisboa, mudando de partido sem escrúpulos, perorando no Parlamento e destilando prosa nas gazetas, Alípio Abranhos consegue afinal o que sempre ambicionara: uma pasta de ministro, por acaso a da Marinha, ele que (como revela o seu zeloso

---

(10) Esta questão encontra-se desenvolvida no nosso *Estatuto e perspectivas do narrador na ficção de Eça de Queirós,* Coimbra, Almedina, 1975.

(11) Cf. *Vida e obra de Eça de Queirós,* p. 416.

biógrafo) «até à idade de vinte e um anos (...) nunca tinha visto o mar» (12).

Mas o que importa vincar agora é que, do ponto de vista técnico-narrativo, esta obra escrita de um jacto está muito longe do cânone naturalista. Com efeito, se é certo que a temática da educação e do envolvimento social das personagens aflora episodicamente, a verdade é que falta ao processo de enunciação o rigor exigido pelo cientifismo do Naturalismo. E isto porque essa enunciação depende de um tipo de narrador particular (o homodiegético) e, por outro lado, de uma figura de retórica que condiciona a correcta apreensão do significado profundo da diegese: a ironia.

O narrador homodiegético, isto é, a testemunha secundária que assistiu à história que conta (no caso, o secretário Z. Zagalo) só o pode fazer de uma forma altamente subjectiva e parcial; e essa parcialidade é, neste caso, tanto mais evidente quanto é certa a situação de parasitismo mental de Zagalo em relação a Abranhos. Por outro lado, o parasitismo referido está na base da significação irónica da obra: é que tudo o que Zagalo elogia em Abranhos e no que o rodeia é justamente o que nele existe de reprovável e criticável (13).

Por aqui se verifica facilmente como o *Conde de Abranhos* está longe de convir à estética naturalista pelo que nele falta de rigor científico, de (relativa) objectividade e de pendor profiláctico; e por aqui se percebe também que o Eça que, em 1879, escrevia, de modo quase impulsivo, *O conde de Abranhos,* não pudesse publicá-lo, sob risco de incoerência doutrinária, tanto relativamente ao *Primo Bazilio* (1878), como ao próprio *Crime do padre Amaro* (terceira versão), aparecido no ano seguinte.

Mas a desagregação do Naturalismo exuberantemente patenteada no *Conde de Abranhos* era irreversível; e a prová-lo aí está *O Mandarim* (1880), com os seus contornos fantasistas e os seus intuitos de moralização universal, já não vinculado, como acontecia no cânone naturalista, a um contexto social, económico e cultural deformador das personagens; aí está igualmente uma narração autodiegética empreendida

---

(12) E. de Queirós, *O conde d'Abranhos,* Porto, Lello, 1968, p. 216.

(13) Cf. *Estatuto e perspectivas do narrador na ficção de Eça de Queirós,* pp. 305-315.

por Teodoro, herói da história, com toda a subjectividade (e, portanto, carência de rigor) do testemunho pessoal e vivido directamente; mas aí está sobretudo a afirmação de descrença nos valores do Naturalismo, expressa em 1884 — isto é, quando decorria a composição dos *Maias* — numa carta-prefácio do próprio Eça, a acompanhar a tradução francesa da novela:

> Car, quoique aujourd'hui toute notre jeunesse littéraire, et même quelques-uns des ancêtres échappés du romantisme, s'appliquent patiemment à étudier la nature, et font de constants efforts pour mettre dans les livres la plus grande somme de réalité vivante, — nous sommes restés ici, dans ce coin ensoleillé du monde, très idéalistes au fond et très lyriques. (...) Des esprits ainsi formés doivent ressentir nécessairement de l'éloignement pour tout ce qui est réalité, analyse, expérimentation, certitude objective. Ce qui les attire, c'est la fantaisie, sous toutes ses formes, depuis la chanson jusqu'à la caricature; aussi, en art, nous avons surtout produit des lyriques et des satiristes (14).

O processo de desagregação do Naturalismo queirosiano tem que ver, igualmente, com um projecto literário falhado: o das «Cenas da Vida Real». Concebidas como conjunto de doze novelas (a revelação é do próprio Eça ao seu editor, numa carta de 1878 (15)), as «Cenas» destinavam-se a ser, ao longo da década de 80, um fresco dos costumes e dos vícios da sociedade portuguesa da Regeneração: o jogo, a prostituição, a agiotagem, a educação, etc., tudo teria o seu lugar, no contexto de um programa estético a que não eram alheias as dificuldades económicas do romancista. O certo, porém, é que tal projecto (à excepção, ao que parece, da *Capital*) ficou por concretizar. As razões deste malogro devem encontrar-se, provavelmente, em duas motivações fundamentais: por um lado, na ausência da pátria, forçada pelas funções diplomáticas exercidas por Eça, ausência essa que retirava ao romancista possibilidades de observação directa do contexto social sobre que se debruçaria; por outro lado (e mais uma vez) na desagregação do Naturalismo, a qual inviabilizava uma empresa que, pelo menos em projecto, tinha alguma coisa que ver com as suas coordenadas fundamentais.

---

(14) E. de Queirós, in *O Mandarim*, 2.ª ed., Lisboa, Livros do Brasil, s/d., pp. 8-9.

(15) *Apud* Lopes de Oliveira, *Eça de Queirós. História das suas obras contada por ele próprio*, Lisboa, Vida Mundial Editora, 1944, pp. 115 ss..

Tudo isto se passava, recorde-se, nos anos em que decorria a lenta e laboriosa escrita dos *Maias;* mas tudo isto acontecia também numa época em que a cultura europeia se encaminhava para sendas distanciadas de esquemas ideológicos de feição materialista.

Com efeito, as características do contexto cultural europeu não poderiam deixar de ser aqui consideradas quando está em causa a evolução literária de um escritor sempre muito atento ao que o rodeava. E o que o rodeava tinha cada vez menos que ver com o Naturalismo.

Tenha-se em conta, em primeiro lugar, que, do ponto de vista filosófico, se assistia, de um modo geral, à contestação do Positivismo e da euforia cientifista por ele arrastada: deste modo, com Émile Boutroux (sobretudo em *De la contingence des lois de la nature;* 1874) deparamos com a contestação das teorias deterministas — em que o Naturalismo literário fora fértil —, contestação essa suscitada por uma propensão ideológica de tipo espiritualista; com Bergson (*Essai sur les données immédiates de la conscience;* 1889), assiste-se, por um lado, a uma valorização da intuição em detrimento do intelectualismo e do racionalismo e, por outro lado, à definição do tempo psicológico (a *durée*), tempo interior, subjectivo e não coincidente com o tempo cronológico.

No domínio da pintura, o Impressionismo (popularizado sobretudo a partir de 1874) afirma-se como corrente pictórica que, embora inicialmente relacionada com o Realismo de Courbet, se assume depois como tendência independente e inovadora; com artistas como Manet, Degas, Renoir e especialmente Monet, o rigor formal e a precisão mimética diluem-se por virtude dos cambiantes de luminosidade e das vigorosas tonalidades cromáticas projectadas sobre a tela. A realidade representada já não o é, então, de modo unívoco, pois as alterações de perspectiva ou de iluminação condicionam a sua configuração; surgem, em consequência disso, os cenários multímodos e variáveis: por exemplo, ao pintar a catedral de Rouen, Monet, porque a observa sob diferentes condições atmosféricas, não pode dela fixar uma imagem definitiva e nítida.

Mas é também no seio da literatura que a crise se instala de forma irreversível; as teses e a prática literária de Zola (em conflito com alguns dos seus próprios discípulos desde a publicação, em 1887, de *La Terre*) disfrutavam de aceitação cada vez mais reduzida, superadas, como estavam a ser, por vias de criação estéticas desligadas do real chocante e mediano. Com efeito, já antes do conflito referido, Huysmans — um antigo elemento (juntamente com, entre outros, Zola, Paul Aléxis e Maupassant) do grupo naturalista de Médan — enveredara pela contemplação da decadência sofisticada; deste modo, Des Esseintes, o herói do seu romance *A rebours* (1884), representa sobretudo a personagem situada nos antípodas da mediania e da previsibilidade próprias dos tipos naturalistas.

A contestação do Naturalismo vinha, ao mesmo tempo, de outros sectores. Por exemplo, da criação romanesca de Paul Bourget empenhado, desde *Le disciple* (1889), em dissecar os meandros e os mistérios da psicologia das personagens; como pela psicologia das personagens se interessava também, afinal, um obscuro escritor da época, Édouard Dujardin, que com *Les lauriers sont coupés* (1887) utiliza um recurso técnico-narrativo de grande futuro na ficção narrativa do século XX: o monólogo interior. Independentemente de se saber se com Dujardin se inaugura ou apenas sistematiza o monólogo interior (pois é certo que já no Stendhal de *Le rouge et le noir* havia lugar para a introspecção das personagens) o que importa vincar é que com ele se está incontestavelmente no domínio da fluidez e da instabilidade dos estados de alma veiculados pelo discurso narrativo. E esta era indubitavelmente uma prova mais (e não a menor) de que o cânone naturalista, com tudo o que comportava de rigor e de análise demiúrgica dos factos representados, estava definitivamente em crise.

Ora, é em função de todos os factores anteriormente evocados (e que globalmente se resumem à verificação de uma certa evolução literária em Eça e à sua posição artística face à desagregação do Naturalismo) que teremos que analisar *Os Maias*. Uma obra que, nos seus aspectos fundamentais — personagem, espaço e acção; tempo, perspectiva narrativa e ideologia — não deixará de revelar inegáveis relações (ora de afinidade, ora de rejeição), com o cânone naturalista, a cuja progressiva desagregação tinha assistido a sua gestação.

QUADRO SINÓPTICO (1845-1900) (*)

	Hist. lit. de E. de Queirós	Literatura portuguesa	Cultura e História de Portugal	Hist. Univ., Cultura e Civiliz.
1845	Nasc. de Eça de Queirós.	Garrett: *O arco de Santana* (1.º vol.) e *Flores sem fruto*.		E. Poe: *O Corvo*. F. Engels: *A Situação da Classe Trabalhadora em Inglaterra*.
1846		Garrett: *Viagens na minha terra*.	Revolta da Maria da Fonte. A. Herculano: *História de Portugal*.	Pio IX papa. Proudhon: *Filosofia da miséria*.
1847			Convenção de Gramido.	Michelet: *História da Revolução*.
1848		Publica-se em volume a colecção poética de *O Trovador*.		2.ª Repúb. francesa; revol. na Alemanha, Áustria e Hungria. Marx: *Manif. comun.*
1849		A. P. Lopes de Mendonça: *Memórias dum louco*.	Costa Cabral presidente do Conselho.	Vigny: *Les destinées*. Lamartine. *Raphaël*. Dickens: *David Copperfield*.
1850		Bulhão Pato: *Poesias*. Polémicas Herculano/Clero.		Morre Balzac. Courbet: *L'enterrement à Ornans*.
1851		Jornal *O Novo Trovador*.	Início da Regeneração.	Comte: *Sistema de filosofia positiva*.

(*) Entre parênteses indicam-se os volumes em que se encontram presentemente inseridos alguns dos textos de Eça (*C.I.F.M. — Cartas inéditas de Fradique Mendes e mais páginas esquecidas; N.C. — Notas contemporâneas; C.O.E. — Cartas e outros escritos*).

	Hist. lit. de E. de Queirós	Literatura portuguesa	Cultura e História de Portugal	Hist. Univ., Cultura e Civiliz.
1852		Jornal lit. *O Bardo*.	Acto Adicional à Carta Constitucional. Greve dos tipógrafos.	Dumas Filho: *La dame aux camélias*.
1853		Garrett: *Folhas caídas*.		V. Hugo: *Les châtiments*.
1854		Morre Garrett.		Guerra da Crimeia.
1855		Jornal lit. *A Grinalda*.	Aclamação de D. Pedro V.	W. Whitman: *Leaves of Grass*.
1856		Bulhão Pato: *Paquita*. Soares de Passos: *Poesias*.	Caminho de ferro Lisboa-Carregado.	Baudelaire começa a traduzir Poe.
1857		Nasce Fialho de Almeida	Epidemia de febre amarela. Exposição industrial (Porto).	Flaubert: *Mme Bovary* Morre Comte. Baudelaire: *Les fleurs du mal*
1858				Proudhon: *Da justiça na Revolução e na Igreja*
1859		João de Lemos: *Religião e pátria*. Mendes Leal: *Poesias*	D. Pedro V funda o Curso Sup. de Letras	Darwin: *A Origem das Espécies*. Marx: *Contribuição à Crítica da Economia Política*.
1860		Morre Soares de Passos		Lenoir: motor de explosão
1861			Morre D. Pedro V. Sobe ao trono D. Luís.	Reino da Itália (Vítor Manuel)
1862		Camilo: *Amor de perdição*. Tomás Ribeiro: *D. Jaime*.		Flaubert: *Salammbô*. V. Hugo: *Les Misérables*
1863	Eça entra na Universidade.	Castilho: *O Outono*	Morre José Estêvão e nasce o futuro rei D. Carlos.	Morre Delacroix. Renan: *A vida de Jesus*

	Hist. lit. de E. de Queirós	Literatura portuguesa	Cultura e História de Portugal	Hist. Univ., Cultura e Civiliz.
1864		Teófilo Braga: *Visão dos Tempos* e *Tempestades Sonoras.*	Fundação do *Diário de Notícias.*	Fundação da Primeira Internacional
1865		Antero: *Odes Modernas* Questão Coimbrã	Exposição Internacional do Porto.	Taine: *Filosofia da arte.* C. Bernard: *Introdução ao estudo da medicina experimental*
1866	Folhetins na *Gazeta de Portugal*	Camilo: *A queda dum anjo.*		Nobel inventa a dinamite. Dostoievski: *Crime e Castigo.*
1867	Director d' *O Distrito de Évora.* Folhetins na *Gazeta de Portugal.*	Júlio Dinis: *As pupilas do senhor Reitor*	Abolição da pena de morte.	Lautréamont: *Les Chants de Maldoror.*
1868		Tomás Ribeiro: *A Delfina do Mal.* J. Dinis: *Uma família inglesa* e *A morgadinha dos canaviais.*		
1869	Versos de C. Fradique Mendes (com Antero e Batalha Reis). Viagem ao Egipto e à Palestina.		Abolição da escravatura.	Flaubert: *L'éducation sentimentale.* Inauguração do canal de Suez Concílio Vaticano I.
1870	*O mistério da estrada de Sintra.* Administrador do concelho de Leiria		Golpe de Estado de Saldanha.	Guerra Franco-Prussiana Concílio Vaticano I.

	Hist. lit. de E. de Queirós	Literatura portuguesa	Cultura e História de Portugal	Hist. Univ., Cultura e Civiliz.
1871	Publicam-se *As Farpas*. Participação nas Conferências do Casino.	Morre J. Dinis. Publicação de *Os fidalgos da Casa Mourisca*. Morre Rebelo da Silva.	Conferências do Casino.	Comuna de Paris. Unificação da Alemanha. Zola inicia os *Rougon-Macquart*.
1872	Publicam-se *As Farpas* Cônsul em Havana.	Antero publica *Primaveras românticas*.	Fundação da Associação de Fraternidade Operária.	Nietzche: *Origem da tragédia*. Morre Th. Gautier.
1873		Guerra Junqueiro: *A morte de D. João*.	Fundação do Centro Republicano.	Tolstoi: *Anna Karenine*. Primeira República Espanhola.
1874	Publicação de *Singularidades duma rapariga loira*. Cônsul em Newcastle.	Guilherme de Azevedo: *A Alma nova*. Camilo: *O regicida*	Fundação da Sociedade de Geografia.	Exposição dos Impressionistas. Boutroux: *Da contingência das leis da natureza*.
1875	1.ª versão do *Crime do padre Amaro* (*Revista Ocidental*).	Gomes Leal: *Claridades do Sul*. Morre Castilho.	Fundação do Partido Socialista Português.	Zola: *La faute de l'abbé Mouret*.
1876	2.ª versão do *Crime do padre Amaro*.	Álvaro do Carvalhal: *Contos*.	Fundação do Partido Republicano.	Invenção do telefone elétrico. Zola: *L'assommoir*. Mallarmé: *L'après midi d'un faune*.
1877	Concebe as *Cenas da Vida Real*.	Morre Alexandre Herculano.		Guerra Russo-Turca. Morrem Courbet e Cl. Bernard.
1878	Publicação de *O primo Bazilio*. Redacção de *A catástrofe*. Cônsul em Bristol.	Nasce Afonso Lopes Vieira.	Revista *O Positivismo* de T. Braga e Júlio de Matos.	Início do pontificado de Leão XIII. Encíclica *Quod Apostoloci*.

	Hist. lit. de E. de Queirós	Literatura portuguesa	Cultura e História de Portugal	Hist. Univ., Cultura e Civiliz.
1879	Escreve «Idealismo e realismo» (in *C.I.F.M.*)	Camilo: *Eusébio Macário*. Guerra Junqueiro: *A Musa em Férias*.	O. Martins: *História de Portugal*.	Nasce Einstein. Invenção da lâmpada eléctrica.
1880	Publicação da 3.ª versão d' *O Crime do Padre Amaro*, d'*O Mandarim*, d'*Um Poeta Lírico* e *No Moinho*.	Camilo: *A corja*. Cesário: «O sentimento de um ocidental».	Tricentenário de Camões.	Zola: *Le roman expérimental*. Rodin: *O pensador*. Taine: *Filosofia da arte*.
1881		Fialho de Almeida: *Contos*. Silva Pinto: *O Realismo em Arte*.	Oliveira Martins: *Portugal Contemporâneo*.	Nasce Picasso. Machado de Assis: *Memórias póstumas de Brás Cubas*.
1882		Gonçalves Crespo: *Nocturnos*. Camilo: *A Brasileira de Prazins*. Morre Guilherme de Azevedo.		Intervenção inglesa no Egipto.
1883		Primeira tradução alemã de *Os Lusíadas*. Teixeira de Queirós: *Salústio Nogueira*.		Nietzsche: *Assim falava Zaratustra*. Morte de K. Marx.
1884	Carta-prefácio do *Mandarim*.	Gomes Leal: *Anticristo*.	Teófilo Braga: *Sistema de Sociologia*.	Huysmans: *A rebours*. Conferência Colonial de Berlim.
1885	Publicação do conto *Outro Amável Milagre*.	Guerra Junqueiro: *A Velhice do Padre Eterno*.	Acto Adicional à Carta Constitucional. Movimento Político «Vida Nova».	Zola: *Germinal*. Morre Victor Hugo. Pasteur: vacina contra a raiva.

	Hist. lit. de E. de Queirós	Literatura portuguesa	Cultura e História de Portugal	Hist. Univ., Cultura e Civiliz.
1886	Prefácios d'*O Brasileiro Soares* (L. de Magalhães) e dos *Azulejos* (C. de Arnoso). Casamento com D. Emília de Castro Pamplona.	Antero: *Sonetos.* Morre Cesário Verde.	Mapa Cor-de-Rosa. Sampaio Bruno: *A Geração Nova.*	Rimbaud: *Les Illuminations.*
1887	Publicação d'*A Relíquia.* Provável escrita d'"O 'Francesismo'".	Publicação de *O Livro de Cesário Verde.* Ramalho Ortigão: *John Bull.*	Morre Fontes Pereira de Melo.	E. Dujardin: *Les lauriers snot coupés.* Zola: *La terre.*
1888	Publicação d'*Os Maias* e d'*A Correspondência de Fradique Mendes* (*Gazeta de Notícias* e *O Repórter*). Cônsul em Paris.	E. de Castro: *Horas tristes.* Nasce F. Pessoa.		Abolição da escravatura no Brasil.
1889	*Revista de Portugal.* Grupo dos "Vencidos da Vida".	Revistas *Boémia Nova* e *Insubmissos*, em Coimbra. Fialho de Almeida: *Os Gatos.*	Morre D. Luís. Sobe ao trono D. Carlos.	P. Bourget: *Le disciple.* H. Bergson: *Ensaio sobre os dados imediatos da consciência.* Proclamação da República no Brasil.
1890	Publicação de *Uma Campanha Alegre* (*Farpas*).	E. de Castro: *Oaristos.* Morre Camilo.	Ultimato inglês. Alfredo Keil compõe «A Portuguesa».	William James: *Princípios de psicologia.*
1891	Começa a escrever vidas de santos (*S. Frei Gil*).	Suicida-se Antero. E. de Castro: *Horas.* Trindade Coelho: *Os Meus Amores.*	Revolução do 31 de Janeiro. O. Martins: *Os filhos de D. João I.*	Encíclica *Rerum novarum.* Huysmans: *Là-bas.*

	Hist. lit. de E. de Queirós	Literatura portuguesa	Cultura e História de Portugal	Hist. Univ., Cultura e Civiliz.
1892	Termina a *Revista de Portugal*. Conto *Civilização*.	Guerra Junqueiro: *Os Simples*. A. Nobre: *Só*.	Oliveira Martins ministro da Fazenda.	Morre Renan. Monet: *Catedrais de Rouen*.
1893	Publicação de «Positivismo e e idealismo» (*N. C.*) e do conto *A Aia*.	Fialho de Almeida: *O País das Uvas*.		Morre Maupassant. 1.º salão do automóvel (Paris).
1894	Contos *O Tesouro* e *Frei Genebro*.	Alberto de Oliveira: *Palavras loucas*.	Morre Oliveira Martins.	Affaire Dreyfus em França.
1895	Publicação do conto *O defunto*.	Morre Pinheiro Chagas.	Combates em Moçambique e vitórias de Mouzinho de Albuquerque.	Fundação da C.G.T. (França). Máquina de projectar dos Lumière.
1896	Participação no *In Memoriam* de Antero, com «Um génio que era um santo» (in *N.C.*).	Guerra Junqueiro: *Pátria*. Morre João de Deus.	Acto Adicional à Carta Constitucional.	Nasce André Breton. Primeiro automóvel Ford. Jogos Olímpicos de Atenas.
1897	Contos: *Adão e Eva no Paraíso*, *A Perfeição* e *José Matias*. Publicação d'*A Ilustre Casa de Ramires* (na *Revista Moderna*).	Eugénio de Castro: *O Rei Galaor*.	Criação da Carbonária em Portugal.	«Affaire» Dreyfus. Mallarmé: *Un coup de dés*. Voo de Ader.
1898	Conto *O Suave Milagre*.	Teixeira de Queirós: *O famoso Galrão*. Abel Botelho: *Mulheres da Beira*.	Sampaio Bruno: *O Brasil mental*.	Morre Mallarmé. Os Curie descobrem o rádio. Guerra hispano-americana.

	Hist. lit. de E. de Queirós	Literatura portuguesa	Cultura e História de Portugal	Hist. Univ., Cultura e Civiliz.
1899	Publicação de *A Cidade e as Serras*. Redacçãod e «O Francesismo» (in *C.O.E.*).	*Obras Completas* de Gonçalves Crespo.	Vitória republicana nas eleições (Porto).	Início da Guerra dos Boers. Fundação da «Action Française».
1900	Morre em Neuilly. Publicação em Livro d'*A Correspondência de Fradique Mendes* e d'*A Ilustre Casa de Ramires*.	Silva Pinto: *A torto e a direito*.	Morre Luciano Cordeiro.	Exposição Universal de Paris. *A interpretação dos sonhos*, de Freud.

1. PERSONAGEM

Em qualquer universo de ficção, nomeadamente nos representados no romance do século XIX, a personagem revela-se um elemento de grande importância. Sinal evidente dessa importância é o leque de possibilidades de que dispõe o narrador para a definir como entidade dotada de variável densidade psicológica; como sujeito, comparsa ou simples testemunha passiva dos acontecimentos; finalmente, como componente da história sujeito a um processo de caracterização mais ou menos complexo e elaborado.

Todas estas questões não podem deixar de ser consideradas quando, como acontece nos *Maias,* estamos perante um vastíssimo friso de personagens; e justamente porque alargado, esse conjunto de figuras não pode ser analisado de modo arbitrário, mas antes com o auxílio de critérios de abordagem rigorosos. Deste modo, as condições de existência da personagem, nos *Maias,* interessar-nos-ão tendo em conta quatro facetas fundamentais: a questão do relevo (o que equivalerá, para já, a realçar especialmente a centralidade de Carlos); o modo de caracterização; a problemática da educação (de certo modo dependente da questão anterior); e a representatividade social, faceta a completar no capítulo dedicado ao espaço.

1.1. Centralidade

A definição do relevo das personagens que integram *Os Maias* não pode ser dissociada do papel por elas desempenhado na acção do romance; todavia, a análise das relações personagem/acção far-se-á em local apropriado (3. ACÇÃO), pelo que, por agora, vamos cingir-nos a questões de outra natureza.

Quando se inicia a narrativa, tudo leva a pensar que estaremos, com *Os Maias,* perante um romance de família ortodoxo:

> A casa que os Maias vieram habitar em Lisboa, no Outono de 1875, era conhecida na vizinhança da Rua de S. Francisco de Paula, e em todo o bairro das Janelas Verdes, pela Casa do Ramalhete, ou simplesmente o Ramalhete (p. 5) (1).

O estatuto do romance de família é conhecido: narrativa normalmente dotada de grande amplitude cronológica, este tipo de romance narra a evolução (e, muitas vezes, a decadência) de sucessivas gerações de uma família; mas, para além disso, o que o romance de família pretende sobretudo é representar as condições históricas, sociais e políticas em que essa evolução se dá, constituindo-se, então um vastíssimo e movimentado cenário de tipos humanos e eventos dos mais variados, tudo ligado pelos pontos de contacto desse cenário com a família em causa. Se muitas vezes o romance de família se consuma numa única obra (como acontece com *A família Artamonov,* de Gorki), noutros casos, desenvolve-se um verdadeiro ciclo de narrativas: assim acontece com *Les Rougon-Macquart,* de Zola, conjunto de romances significativamente subintitulados «histoire naturelle et sociale d'une famille sous le Second Empire» (2).

Ora o que interessa agora saber é se, com *Os Maias,* estaremos ou não perante um romance de família típico; e isto porque se nos impõe verificar se alguma das suas personagens disfruta de um estatuto de privilégio em relação às outras.

De acordo com a opinião de Machado da Rosa, «estamos perante

---

(1) A indicação de páginas refere-se, a partir de agora, à edição dos Livros do Brasil.

(2) Diga-se, a título de curiosidade, que também o cinema tem explorado as virtualidades estético-sociais deste tipo de narrativa. Com *Mil e novecentos,* de Bertolucci, não estamos só com a evolução de duas famílias italianas da primeira metade deste século, mas também com o sistema de relações sociais que as caracterizam e com os condicionalismos históricos que levam à implantação do Fascismo.

a crónica das três gerações perfeitamente definida» ([3]); deste modo, Afonso da Maia corresponderia à geração implicada nas lutas liberais; Pedro da Maia identificar-se-ia com o ambiente cultural amolecido por um Romantismo deletério; por fim, Carlos da Maia situar-se-ia no Portugal da Regeneração, país politicamente estabilizado, mas económica e financeiramente decadente.

Sem pormos em causa frontalmente o raciocínio de Machado da Rosa (que vê ainda nos contornos histórico-sociais dos *Maias* a lição do *Portugal Contemporâneo,* de Oliveira Martins), julgamos, no entanto, que ele não basta para definir *Os Maias* como romance de família típico.

Tenha-se em conta, em primeiro lugar, que a família dos Maias não é, nesta obra, considerada como entidade colectiva a não ser nas primeiras páginas; aí, com efeito, é-nos revelado que «os Maias eram uma antiga família da Beira, sempre pouco numerosa, sem linhas colaterais, sem parentelas — e agora reduzida a dois varões, o senhor da casa, Afonso da Maia, um velho já, quase um antepassado, mais idoso que o século, e seu neto Carlos que estudava medicina em Coimbra» (p. 6). Repare-se, portanto, que, desde o início, começa a definir-se a personagem que ocupará na obra o papel fulcral, tanto em termos de inserção social, como em relação à intriga: Carlos Eduardo.

Este facto é tanto mais importante, quanto é certo que ele nos conduz à explicação de uma situação de desequilíbrio aparente registada neste romance; é que, enquanto Carlos ocupará sistematicamente a atenção do narrador a partir do capítulo III (portanto, na esmagadora maioria dos capítulos que integram a obra), com os outros membros da família não se verifica o mesmo. Com efeito, a Afonso e a Pedro da Maia cabem apenas os dois capítulos iniciais, isto é, aqueles em que se relatam os antecedentes familiares de Carlos da Maia.

Esta situação de desequilíbrio (que será explicada também quando tratarmos do tempo) tem para nós um significado muito claro: para além da sua representatividade histórico-social — a que igualmente voltaremos — as gerações de Afonso e de Pedro da Maia surgem sobretudo em função da necessidade de explicar a existência de Carlos «em Lisboa, no Outono de 1875» (p. 5), quando começa a história. O que,

---

([3]) *Eça, discípulo de Machado?,* ed. cit., p. 344.

por outras palavras, constitui uma prova da centralidade de uma personagem cuja existência diegética se distribuirá por fases bem definidas.

Essa existência (ocupando, como se verifica, uma vastíssima extensão da sintagmática narrativa) compreende, neste romance, três etapas claramente demarcadas: a época da formação de Carlos, representada, no capítulo III, pelas referências à educação propriamente dita e, logo depois (pp. 87-95), a sua passagem por Coimbra; a vida social em Lisboa e a participação na intriga (a partir da página 96 e até ao final do capítulo XVII); o seu regresso a Lisboa (capítulo XVIII), carregado, como se verá, de significados simbólicos e ideológicos.

Tudo isto explica, segundo pensamos, o lugar de relevo de que Carlos disfruta no universo dos *Maias;* mas isto não basta para compreendermos cabalmente, por um lado, as diversas facetas da sua existência diegética e, por outro lado, as relações de afinidade e rejeição que sustentará com o espaço em que se insere, isto é, com o vasto friso de personagens que o rodeiam. O primeiro aspecto desenvolver-se-á através das referências à caracterização, educação e representatividade social da personagem, nos *Maias;* o segundo estará em causa sobretudo no capítulo dedicado ao espaço dos *Maias.*

1.2. Caracterização

No romance europeu de tradição balzaquiana, conhece-se bem a importância da caracterização das personagens; é por meio dela que se fica a conhecer um retrato relativamente definido de cada um dos mais relevantes elementos humanos da história, retrato esse que diz respeito às características físicas, morais, sociais e psicológicas. Tenha-se em conta, a título de exemplo, o modo como são abordadas algumas das personagens de *Eugénie Grandet,* de Balzac, no primeiro capítulo do romance, sintomaticamente intitulado «Physionomies bourgeoises». Através da caracterização ficava inclusivamente denunciado o próprio relevo de que a personagem disfrutaria ao longo da acção. E isto porque aquela a quem cabia o papel de protagonista era objecto de atenção demorada, descendo-se, por vezes, aos recantos mais obscuros do seu estatuto existencial; pelo contrário, as personagens dotadas de intervenção mínima na acção passavam, quanto à caracterização, muitas vezes despercebidas.

Com o Naturalismo, a caracterização das personagens especializa-se: estão em causa, então, sobretudo factores educacionais, elementos concernentes à hereditariedade, relações com o meio e sua influência, etc.. Tudo inspirado numa concepção determinista e evolucionista da existência, a que não eram alheias as teses de Darwin a propósito da origem das espécies e da sua selecção por força de características ambienciais específicas. Considere-se, por exemplo, o modo como num romance como *O crime do padre Amaro,* do próprio Eça, é caracterizado, no capítulo III, o protagonista. Aí, o narrador chama a atenção em especial para o ambiente em que Amaro foi educado e para o seu temperamento sensual e melancólico, isto é, para os factores que determinarão o seu comportamento futuro; do mesmo modo, no capítulo II de *Thérèse Raquin,* de Zola, dá-se um relevo particular às relações existentes entre o temperamento ardente de Thérèse e a atmosfera doentia em que cresce e vive.

Ora com a crise do romance naturalista entra em crise também este tipo de tratamento de que a personagem gozara, desvalorizando-se então a minudência e o desejado cientifismo até então vigentes. Por isso mesmo e também porque a gestação dos *Maias* coincide, em grande parte, como já foi dito, com a gradual instauração da descrença nos valores da estética naturalista, não admira que, neste romance, a caracterização das personagens não seja regida por uma atitude constante. Por outras palavras: nos *Maias,* encontraremos uma caracterização ainda tipicamente naturalista (a de Pedro da Maia), uma outra de carácter híbrido (Maria Eduarda) e, finalmente, a do próprio Carlos da Maia, praticamente por completo arredada das normas impostas no romance experimental.

1.2.1. Pedro da Maia

Com Pedro da Maia assistimos ao enunciar, por parte do narrador, dos factores tradicionalmente evocados sob a vigência do cânone naturalista: características psicofisiológicas, meio social e educação:

> O Pedrinho no entanto estava quase um homem. Ficara pequenino e nervoso como Maria Eduarda, tendo pouco da raça, da força dos Maias; a sua linda face oval de um trigueiro cálido, dois olhos maravilhosos e irresistíveis, prontos sempre a humedecer-se, faziam-no assemelhar a um belo árabe. Desenvolvera-se lentamente, sem curiosidades, indiferente a brinquedos, a animais, a flores, a livros. Nenhum desejo forte parecera jamais vibrar naquela alma meio adormecida e passiva: só às vezes dizia que gostaria muito de voltar para a Itália. Tomara birra ao padre Vasques, mas não ousava desobedecer-lhe. Era em tudo um fraco; e esse abatimento contínuo de todo o seu ser resolvia-se a espaços em crises de melancolia negra, que o traziam dias e dias mudo, murcho, amarelo, com as olheiras fundas e já velho. O seu único sentimento vivo, intenso, até aí, fora a paixão pela mãe (p. 20).

Como facilmente se vê, no extracto que transcrevemos, o narrador debruça-se, de modo particularmente atento, sobre os elementos psico-somáticos que justificarão o comportamento futuro de Pedro. O temperamento nervoso e instável, a abulia e a passividade, são alguns desses elementos claramente expressos no texto; mas é-o sobretudo a hereditariedade, denunciada na vinculação da personagem ao ramo familiar dos Runas e não dos Maias ([4]). De tal modo são evidentes esses laços que é possível descortiná-los na verdadeira coincidência semântica que caracteriza as referências a Maria Eduarda Runa e a seu filho Pedro, aparecendo este como prolongamento físico e temperamental de sua mãe:

Maria Eduarda Runa	**Pedro da Maia**
Verdadeira lisboeta, pequenina e trigueira (17) →	Ficara pequenino e nervoso (20)
... definhava (...) todos os dias mais pálida (19) ... sorrindo palidamente (17) →	...mudo, murcho, amarelo... (20)
A sua devoção (...) exaltava-se... (17) ...numa agonia terrível de devota... (21) →	Nesses períodos tornava-se (...) devoto... (21)
... a melancolia de Maria Eduarda... (19) →	...crises de melancolia negra...(20)
Mas a triste senhora... (19) ...a tristeza das suas palavras (18) →	Muitos meses ainda não o deixou uma tristeza vaga... (21)

([4]) O próprio Afonso da Maia tem consciência deste facto, quando descobre «a grande parecença de Pedro com um avô de sua mulher, um Runa, de quem exis-

Mas também o meio surge na condição de determinante fundamental para explicar o comportamento de Pedro: a influência do «romantismo torpe» (p. 21), o vaguear pelos botequins e lupanares de Lisboa, a boémia feita de «distúrbios no Marrare, de façanhas nas esperas de toiros, de cavalos esfalfados, de pateadas em S. Carlos» (p. 21), tudo isto alterna com a imersão no ambiente beato do lausperene e nas leituras devotas; e tudo isto concorre, no fundo, para exacerbar as características temperamentais que a personagem herdara e que acima referimos.

Se, por fim, fizermos referência à educação (que ainda neste capítulo desenvolveremos) estaremos de posse do leque de factores que, na mais pura linha naturalista, explicam as opções de Pedro: primeiro, o casamento sentimentalmente instável e falhado; por fim, o suicídio, consequência última e definitiva de um temperamento e de uma formação virados preferencialmente para a cedência e para a fuga, e não para o voluntarioso encarar das crises.

1.2.2. Maria Eduarda

Mas passemos a Maria Eduarda. Com o seu processo de caracterização estamos com um comportamento, por parte do narrador, de certa maneira ecléctico, no que respeita à evocação dos elementos que definem o modo de existência da personagem:

> A casa da mamã, no Parque Monceaux, era na realidade uma casa de jogo — mas recoberta de um luxo sério e fino. Os escudeiros tinham meias de seda; os convidados, com grandes nomes no Nobiliário de França, conversavam de corridas, das Tulherias, dos discursos do Senado; e as mesas de jogo armavam-se depois como uma distracção mais picante. (...) A casa descaiu rapidamente numa boémia mal dourada e ruidosa. Quando ela madrugava, com os seus hábitos saudáveis do convento, encontrava paletós de homens por cima dos sofás; no mármore das *consoles* restavam pontas de charuto, entre nódoas de champanhe; e nalgum quarto mais retirado ainda tinha o dinheiro de um bacará talhado à claridade do sol (p. 508).

---

tia um retrato em Benfica: este homem extraordinário, com que na casa se metia medo às crianças, enlouquecera — e julgando-se Judas enforcara-se numa figueira...» (p. 22).

O fragmento que transcrevemos situa-se no capítulo XV do romance; em termos de acção, o capítulo referido corresponde ao momento em que Maria Eduarda revela a Carlos o seu passado atribulado na companhia da mãe, ainda então ignorando o grau de parentesco que a liga à personagem central da história. Ora é justamente no contexto dessas revelações e no seu modo de formulação que deparamos com uma caracterização híbrida, isto é, com uma caracterização que, ligando-se ainda à estética naturalista do ponto de vista temático, dela se desliga, em termos estruturais.

Considere-se, antes de mais, que o teor da confissão de Maria Eduarda se prende fundamentalmente a dois grandes vectores: por um lado, à referência a uma juventude desordenada e passada em ambientes algo duvidosos; por outro lado, à explícita responsabilização desses ambientes e da companhia da mãe para explicar a sua vida dispersiva e vivida ao sabor de amizades de circunstância. Por aqui se pode ver facilmente que se encontram ainda vigentes, com um certo vigor, determinadas preocupações da estética naturalista: a acentuação da juventude da personagem como época fulcral da constituição da sua personalidade, a influência perniciosa do meio, a impossibilidade da personagem resistir aos factores materiais que a transcendem, etc..

Só que, do ponto de vista estrutural, esta autocaracterização de Maria Eduarda constitui já uma ruptura face às normas do Naturalismo. E isto, antes de tudo, em termos de sintaxe narrativa: é que as premissas que explicam o comportamento da personagem surgem aqui *depois* de ele se ter consumado; ao passo que, no romance naturalista ortodoxo, apareciam logicamente *antes* (e como prenúncio) da concretização desse comportamento. Por outro lado, há que considerar o modo como aqui se processa uma caracterização tematicamente filiada ainda, como se viu, no cânone naturalista.

Tenha-se em conta que não é, neste caso, ao narrador que cabe, numa posição de transcendência, desvelar o passado da personagem e, com ele, a sua educação, modos e ambientes de vida. É, antes, à própria personagem que compete essa responsabilidade, limitando-se o narrador a reproduzir, em discurso indirecto, as palavras de Maria Eduarda. Ora, é fácil perceber o que isto representa em termos de esvaziamento do rigor e cientifismo naturalista: a personagem que se autocaracteriza fá-lo, forçosamente, de modo altamente subjectivo, quando não mesmo parcial; e este facto não pode deixar de colidir frontalmente com as determinações do Naturalismo. É que este, embora igualmente nunca atingisse uma objectividade total (5), aspirava, pelo menos, ao estatuto de rigor e profundidade próprios de uma estética de conotações científicas.

1.2.3. Carlos da Maia

As sugestões de fuga às directrizes naturalistas esboçadas na caracterização de Maria Eduarda (e observáveis também em Amélia, no capítulo V do *Crime do padre Amaro*) consumam-se inteiramente no que respeita a Carlos da Maia.

Com este não dispomos, de modo algum, de um retrato integral debruçado sobre as suas facetas psicológicas, sociais e morais; do mesmo modo, o narrador não adopta (como faz com Pedro) uma atitude de transcendência que lhe permita dissecar exaustivamente e num fragmento concentrado do discurso a influência do meio sobre a personagem, o programa educativo a que é submetida, etc.. Pode mesmo dizer-se que o único aspecto que é objecto de atenção mais sistematizada do narrador é o físico:

> Era decerto um formoso e magnífico moço, alto, bem feito, de ombros largos, com uma testa de mármore sob os anéis dos cabelos pretos, e os olhos dos Maias, aqueles irresistíveis olhos do pai, de um negro líquido, ternos como os dele e mais graves. Trazia a barba toda, muito fina, castanho-escura, rente na face, aguçada no queixo — o que lhe dava, com o bonito bigode arqueado aos cantos da boca, uma fisionomia de belo cavaleiro da Renascença (p. 96).

Deste modo, com Carlos da Maia assiste-se àquilo a que normalmente se chama **caracterização indirecta;** ou seja: uma caracterização essencialmente dinâmica, em que os atributos da personagem são

---

(5) Quando se batia por um estilo objectivo, afirmando que «o grande estilo é feito de lógica e de clareza» (*Le roman expérimental*, Paris, Garnier-Flammarion, 1971, p. 93), Zola estava longe de saber que a linguagem verbal, por mais que nesse sentido se esforce, nunca consegue escapar à insinuação subtil da subjectividade de quem a utiliza.

apreendidos gradualmente, à medida que a sua actuação no decurso da acção o vai permitindo.

Assim, a vocação de Carlos para a Medicina não é explicada pelo narrador em função de uma qualquer causa hereditária ou ambiencial; ela percebe-se quando nos é revelada a brusca atracção de Carlos pelas estampas anatómicas descobertas no sótão (p. 87). Da mesma maneira, as características boémias da Coimbra em que Carlos estuda depreendem-se a partir da actividade nela desenvolvida pela personagem (pp. 89 ss.). O bom gosto e atracção pelos ambientes sofisticadadamente elegantes e requintados ressalta das acções desenvolvidas para decorar o Ramalhete: sob a direcção de um arquitecto-decorador inglês, Carlos opta por um projecto que relega para a construção das cocheiras um compadre de Vilaça que pomposamente projectava uma «escada aparatosa, flanqueada por duas figuras simbolizando as conquistas da Guiné e da India» (pp. 8-9). É igualmente por meio do seu comportamento dispersivo (as armas, os cavalos, o bricabraque, a literatura, etc.) que subtilmente é sugerido o diletantismo que conduzirá Carlos à frustração das suas potencialidades (pp. 128-129). Mas será sobretudo nos seus contactos sociais que Carlos definirá (como veremos em local apropriado) a sua condição de personagem apesar de tudo superior ao contexto sociocultural em que se insere.

Tudo isto permite-nos chegar a certas conclusões anteriormente já esboçadas ou apenas sugeridas: a primeira é a de que, pela caracterização, se confirma o lugar de destaque (e, de certa maneira, de centralidade) de que Carlos goza no universo dos *Maias;* a segunda é a de que essa mesma caracterização se consuma abdicando da atenção directa, sistemática e demorada do narrador, tal como acontecia à luz do código naturalista. O que, afinal, corrobora uma tomada de posição do próprio Carlos, quando, em certa altura, afirma que «os caracteres só se podem manifestar pela acção» (p. 164).

1.3. Educação

Uma referência à caracterização das personagens dos *Maias* que não passasse pela problemática da educação seria forçosamente uma referência lacunar. Em primeiro lugar, porque se trata de um sector fundamental da existência da personagem; e isto sobretudo quando nos situamos no contexto da estética naturalista, mas também num romance como *Os Maias,* parcialmente tributário ainda dessa estética, como se viu já. Em segundo lugar, porque o tema da educação possui, nas obras de Eça de Queirós, uma representatividade considerável: no *Primo Bazilio* e no *Crime do padre Amaro* (ainda, portanto, na fase vigorosamente naturalista); na *Relíquia* e na *Correspondência de Fradique Mendes,* passando pelos *Maias,* de que aqui nos ocupamos, sempre os programas pedagógicos a que se sujeitam as personagens têm um lugar de relativo destaque (6).

Nos *Maias,* a educação surge diversas vezes aflorada ao longo do romance; isso acontece quando se trata de, através dela, delinear uma imagem das concepções que sobre o assunto eram desposadas pela alta sociedade lisboeta cuja mentalidade deste modo se vai precisando. É assim que, em certa altura, deparamos com uma das senhoras do círculo dos Gouvarinhos sintomaticamente expressando a opinião de que «não havia verdadeiramente senão uma coisa digna de se estudar, eram as línguas», pois tudo o mais eram «coisas inúteis na sociedade» (p. 294). O próprio conde de Gouvarinho (raciocinando, afinal, com base em esquemas mentais idênticos) insurge-se contra a ginástica nos colégios; e pergunta ao deputado Torres Valente «se, na sua ideia, os nossos filhos, os herdeiros das nossas casas, estavam destinados para palhaços!...» (p. 298).

Para devidamente nos apercebermos das limitações de que enfermavam estes juízos, é preciso ter em conta o modo como nos *Maias* são confrontados dois sistemas educativos opostos. E aqui voltamos ao processo de caracterização de Pedro (e agora também Eusebiozinho) e Carlos.

Com o magistério a que o padre Vasques submete Pedro da Maia (p. 18), assistimos ao desenvolvimento da típica educação portuguesa oitocentista e conservadora: o primado da cartilha e com ela uma concepção essencialmente punitiva da devoção religiosa; o latim como prática pedagógica fossilizada e não criativa; e sobretudo a fuga ao

---

(6) Cf. Alexandre de ALBUQUERQUE, «O problema da Educação em Eça de Queiroz», in *Revista da Faculdade de Letras,* tomo IV, n.os 1-2, Lisboa, 1937, pp. 197-227.

contacto directo com a natureza e com as realidades práticas da vida. Tudo isto ganha uma importância particular, quando reconhecemos no Pedro da Maia adulto, os reflexos desta educação: a devoção histérica e a incapacidade para encarar e resolver as contrariedades com que se defronta.

Estas normas educativas não se extinguem, porém, com a personagem que delas foi vítima. Elas encontram-se presentes igualmente numa figura que, sobretudo por pertencer à geração de Carlos, com ele mais abertamente contrasta neste (e noutros) aspecto(s). Referimo-nos a Eusebiozinho, que o procurador Vilaça encontra em Santa Olávia (cap. III), em circunstâncias que facilitam um confronto imediato com Carlos.

Independentemente das considerações a formular noutro local a propósito do ponto de vista assumido para representar os episódios contidos neste capítulo, é possível, desde já, notar alguns factos irrefutáveis: o primeiro reside exactamente no contraste físico verificado entre as duas crianças. Com efeito, enquanto Carlos patenteia uma saúde exuberante, de Eusebiozinho diz-se que «nada mais melancólico que a sua facezinha trombuda, a que o excesso de lombrigas dava uma moleza e uma amarelidão de manteiga» (...) (p. 69).

Não se julgue, entretanto, que esta oposição é casual; ela surge fundamentalmente como resultante necessária da execução de programas educativos antagónicos. Com efeito, Carlos é submetido a uma educação tipicamente inglesa: privilégio da vida ao ar livre, contacto com a natureza, exercício físico, aprendizagem de línguas vivas, desprezo pela cartilha e por todo o conhecimento exclusivamente teórico, eis alguns dos elementos formativos com que depara Vilaça ao chegar a Santa Olávia (pp. 53 ss.). Tudo isto com grande escândalo da família e dos amigos que viam no abade Custódio o pedagogo ideal (porque tradicional) para Carlos ([7]).

([7]) Não é por acaso que, justamente quando D. Ana Silveira elogia as virtudes do abade, este, «suspeitando uma corrente de ar, (ergue-se) da mesa de jogo a fechar o reposteiro» (p. 75). É que assim se confirma, como que simbolicamente, uma mentalidade que privilegiava a vida enclausurada em detrimento do contacto com o exterior.

Em contrapartida, com Eusebiozinho situamo-nos no extremo oposto:

> Mas o menino, molengão e tristonho, não se descolava das saias da titi: teve ela de o pôr de pé, ampará-lo, para que o tenro prodígio não aluísse sobre as perninhas flácidas; e a mamã prometeu-lhe que, se dissesse os versinhos, dormia essa noite com ela...
>
> Isto decidiu-o: abriu a boca, e como de uma torneira lassa veio de lá escorrendo, num fio de voz, um recitativo lento e babujado:
>
> *É noite, o astro saudoso*
> *Rompe a custo um plúmbeo céu,*
> *Tolda-lhe o rosto formoso*
> *Alvacento, húmido véu...*
>
> Disse-a toda — sem se mexer, com as mãozinhas pendentes, os olhos mortiços pregados na titi. A mamã fazia o compasso com a agulha do *crochet;* e a viscondessa, pouco a pouco, com um sorriso de quebranto, banhada no langor da melopeia, ia cerrando as pálpebras (p. 76).

Em resumo: para além da já citada debilidade física — patenteada também numa intrusão do narrador (pp. 68-69) em que os diminutivos («craniozinho», «crescidinho», «perninhas», «linguazinha») significam sobretudo fragilidade — estão em causa, neste fragmento, os defeitos fundamentais de que enferma esta educação: a deformação da vontade própria, através do suborno, traduzido na promessa da mãe de que «se dissesse os versinhos, dormia essa noite com ela...» (p. 76); a imersão na atmosfera doentia e melancólica do Romantismo decadente ([8]); finalmente, o recurso à memorização, isto é, a um atributo que implica a desvalorização da criatividade e do juízo crítico.

Ora, em função de tudo isto, como estranhar que, também quando adultos, Carlos e Eusebiozinho continuem a ser personagens contrastivas? Como estranhar que Eusebiozinho mergulhe numa vida de corrupção e decadência física? E como estranhar que Carlos, pelo contrário, venha a disfrutar de um estatuto de privilégio no espaço social em que opera?

([8]) O poema que Eusebiozinho declama é a «Lua de Londres», de João de Lemos, uma das mais populares e soturnas composições do Ultra-romantismo português.

1.4. Representatividade social

O romance do século XIX, quer o de inspiração balzaquiana pura, quer o especificamente naturalista, preocupou-se sempre em clarificar as relações das personagens com o contexto social que as englobava. Por isso mesmo, não é de estranhar que, na definição do estatuto da personagem nos *Maias,* se considere, como aspecto relevante, a sua representatividade social.

Os motivos por que essa representatividade social se tornam, neste caso, particularmente significativos desenvolver-se-ão, com mais demora, no próximo capítulo. Por agora, avance-se apenas que esta faceta da existência das personagens dos *Maias* terá que ver fundamentalmente com a dimensão crítica assumida pela obra.

Para definirmos, quanto a este domínio, as mais destacadas personagens dos *Maias,* importa considerar, fundamentalmente, o estrato social em que se enraizam os membros da família em questão e, de modo particular, Carlos da Maia.

Quando se inicia a acção do romance, no Outono de 1875, Carlos é esperado em Lisboa, no final de uma viagem pela Europa; essa viagem, concretizada depois da formatura em Coimbra, surge-nos como indício, entre vários outros, da posição social ocupada pelo mais jovem dos Maias. Proveniente, como se sabe já, de «uma antiga família da Beira» (p. 6), Carlos aparece-nos, desde logo, numa situação de desafogo económico evidente: deste modo, a viagem pela Europa não é mais do que o percurso natural do jovem herdeiro de uma família que, como ironicamente dizia Vilaça, ainda tinha «um pedaço de pão (...) e a manteiga para lhe barrar por cima» (p. 6). O pão e a manteiga a que o procurador se referia eram afinal (além do Ramalhete, muito tempo desabitado) o produto da venda de propriedades (a Tojeira e o palacete de Benfica em que Afonso deparara com Pedro morto), a herança de Sebastião da Maia e as propriedades de Santa Olávia, para onde Afonso se retirara depois do suicídio do filho. Nessa altura, «o rendimento da casa excedia já cinquenta mil cruzados: mas desde então tinham-se acumulado as economias de vinte anos de aldeia» (p. 7).

Estes pormenores de tipo económico parecem-nos necessários para compreendermos devidamente dois atributos fundamentais da personagem central da obra: em primeiro lugar, a sua vida ociosa em

Lisboa, ociosidade essa que lhe advém logicamente de uma situação económica privilegiada. É sintomática, a este propósito, uma das observações do narrador a propósito da limitada actividade clínica de Carlos; quando é chamado para salvar a filha de um brasileiro, Carlos ganha «a sua primeira libra, a primeira que pelo seu trabalho ganhava um homem da sua família» (p. 129). Esta informação ajuda-nos a apreender o segundo dos atributos referidos: por origem familiar e pela posição económica em que se encontra, Carlos insere-se no estrato social mais destacado do Portugal da Regeneração, vivendo lado a lado com os políticos, os financeiros e os diplomatas que no próximo capítulo encontraremos. O que, em termos de crítica social será um dado fundamental para o estudo dos *Maias*.

A vinculação de Carlos (e da família dos Maias) ao estrato dominante da sociedade portuguesa ajuda-nos a perceber determinadas tomadas de posição de Afonso da Maia. Representando, de certo modo, uma mentalidade inovadora responsável pelo programa educativo de Carlos e pela aceitação da sua carreira de médico (9), Afonso surge, ao mesmo tempo, dominado por determinados preconceitos reveladores da consciência que possuía das suas prerrogativas sociais; é assim que o encontramos, quando Pedro lhe pede licença para casar, interpelando o filho em termos que não dão lugar a dúvidas:

> Afonso pousou o livro aberto sobre os joelhos, e numa voz grave e lenta:
> — Não me tinhas falado disso... Creio que é a filha de um assassino, de um negreiro, a quem chamam também a «negreira»...
> — Meu pai!...
> Afonso ergueu-se diante dele, rígido e inexorável como a encarnação mesma da honra doméstica (p. 30).

Mas se estas palavras são elucidativas para ajudar a demarcar o estatuto social de que Afonso da Maia se reclama, elas não o serão menos quando procurarmos, mais adiante, definir o seu estatuto moral.

---

(9) Recorde-se que «esta inesperada carreira de Carlos (pensara-se sempre que ele tomaria capelo em Direito) era pouco aprovada entre os fiéis amigos de Santa Olávia. As senhoras sobretudo lamentavam que um rapaz que ia crescendo tão formoso, tão bom cavaleiro, viesse a estragar a vida receitando emplastros, e sujando as mãos no jorro das sangrias. O doutor juiz de direito confessou mesmo um dia a sua descrença de que o sr. Carlos da Maia quisesse "ser médico a sério"» (p. 88).

Todas estas considerações a propósito da representatividade social das personagens fulcrais dos *Maias* permitem-nos, para já, chegar a duas conclusões. A primeira é a de que, neste romance, nos situamos num contexto diverso dos que, em anteriores obras de Eça, haviam sido privilegiados; com efeito, no *Crime do padre Amaro*, desde a primeira versão que a história se situava no âmbito da pequena burguesia provinciana, conservadora e clerical; com *O primo Bazilio*, passara-se ao estrato da média burguesia lisboeta: Luiza é já a mulher ociosa, casada com um funcionário público de certo relevo e habituada a comportamentos sociais timidamente mundanos; com *Os Maias*, acentua-se o alheamento de Eça relativamente às classes populares e aos estratos mais desfavorecidos. E com isto chegamos à segunda conclusão: é que o processo de crítica a que nos *Maias* se sujeita o Portugal da Regeneração consuma-se a partir de cima, isto é, tomando como objecto prioritário de atenção os representantes do poder instituído e da classe dirigente. Tudo isto compreender-se-á, todavia, melhor, se tivermos em conta a problemática do espaço nos *Maias*.

1.5. Síntese

- Personagem
  - Centralidade
    - Família dos Maias (caps. I e II)
    - Carlos
      - Formação
        - Educação (cap. III)
        - Coimbra (pp. 88-95)
      - Vida em Lisboa
        - Vida social (pp. 96-687)
        - Participação na intriga
      - Regresso a Lisboa (cap. XVIII)
  - Caracterização
    - Heterocaracterização naturalista (Pedro; pp. 18-21)
    - Autocaracterização híbrida (M. Eduarda; pp. 506-515)
    - Caracterização indirecta (Carlos; *passim*)
  - Educação
    - Portuguesa tradicional
      - Pedro (p. 18)
      - Eusebiozinho (pp. 68-69 e 76)
    - Britânica: Carlos (cap. III)
  - Representatividade social
    - Estatuto socioeconómico dos Maias
    - Carlos da Maia

2. ESPAÇO

Quando, na sua *Análise e interpretação da obra literária,* Wolfgang Kayser se refere a um tipo de romances a que chama **de espaço,** não o faz, certamente, por acaso (1). Essa modalidade de romance (concebida a par de outras, os romances **de acção** e os **de personagem**) resulta, afinal, da valorização de um componente fundamental da história narrada, componente esse que é precisamente o espaço; e Kayser exemplifica, chamando a atenção para o relevo de que o espaço se reveste em romances de Stendhal, Flaubert, Tolstoi e outros.

2.1. Características fundamentais

Mas para além de poder integrar uma tipologia do romance, este elemento da diegese interessa-nos também, antes de mais, em função da necessidade de definir os modelos de espaço susceptíveis de serem privilegiados.

Há, em primeiro lugar, um espaço físico, composto pelos acidentes geográficos e materiais que servem de pano de fundo à acção: cidades, florestas, paisagens rurais, etc., podem constituir, para o romancista, objecto de atenção demorada e de descrição mais ou menos exuberante; considere-se, por exemplo, o modo como o Romantismo privilegia a temática da evasão, quando, em *Atala,* Chateaubriand confere à acção

(1) Cf. *op. cit.*, 5.ª ed., Coimbra, Arménio Amado, 1970, 2.º vol., pp. 267 ss..

uma ambiência exótica através das referências ao espaço físico da América inexplorada. E na *Selva,* de Ferreira de Castro, o espaço da floresta amazónica chega a ganhar, pela sua violência e pela sua presença omnímoda, dimensões de verdadeira personagem actuante.

Mas o espaço físico não pode ser dissociado, muitas vezes, do espaço social: a seara, em *Gaibéus,* de Alves Redol, e o rio, em *Esteiros,* de Soeiro Pereira Gomes, não são meros acidentes físicos e naturais. Eles constituem, para além disso, lugares de projecção de conflitos sociais; o que significa, por outras palavras, que não se podem dissociar do **espaço social.** Deste modo, situamo-nos no domínio dos vastos frisos humanos directamente relacionados com uma certa atmosfera social; com esta, estão em causa sobretudo as características culturais, económicas, políticas e até morais do cenário em que a acção se desenrola. Deste modo, na representação do espaço social ganham, muitas vezes, uma especial importância certas personagens a que chamamos **figurantes.** Por personagens figurantes entendem-se aquelas que, não intervindo directamente na intriga, têm como função principal ilustrar determinadas mentalidades, formas de cultura ou posições económicas; assim, tendendo, em certas alturas, a constituir um **tipo social,** a personagem figurante pode condicionar **indirectamente** a dinâmica da intriga, na medida em que a sua configuração particular venha a influenciar o comportamento das personagens mais relevantes. Com o conselheiro Acácio e Leopoldina, no *Primo Bazilio,* de Eça, ou com M. Homais, em *Madame Bovary,* de Flaubert, estamos com típicas personagens desta natureza e, portanto, com a ilustração do espaço social.

Finalmente, com o **espaço psicológico** assiste-se ao privilégio do interior das personagens. Espaço difuso porque impreciso e não descritível de modo estático, o espaço psicológico reflecte muitas vezes estados de espíritos caóticos e conturbados que tendem a veicular uma visão incoerente do universo; noutros casos, o espaço psicológico é minuciosamente dissecado por personagens dotadas de grande capacidade de auto-análise. Curiosamente relacionada com o tempo psicológico, a valorização do espaço psicológico ocorre genericamente na época post-naturalista; escritores como Joyce, Faulkner, Proust e Valéry e, entre nós, o José Régio do *Jogo da cabra cega* são, entre outros, os que de modo mais sistemático privilegiam a corrente de consciência da personagem (com resurso insistente aos mecanismos da memória) não raro por meio do chamado **monólogo interior.**

2.2. Espaço físico

Ora o que se nos impõe agora saber é em que medida *Os Maias* privilegiam de modo particular algum ou alguns destes espaços; e, por outro lado, verificar até que ponto esse privilégio cumpre funções de natureza eminentemente crítica.

Diga-se, antes de mais, que num romance como *Os Maias*, o **espaço físico** não pode ser analisado em bloco, sob pena de se confundirem elementos e dimensões da história visivelmente distintos. Deste modo, há que distinguir dois tipos de espaço físico: o primeiro, de âmbito eminentemente **geográfico,** é o que diz respeito, em especial, ao percurso do protagonista ao longo da acção; o segundo é constituído por **cenários interiores** capazes de exercerem uma significação complementar relativamente a certos aspectos da história mais ou menos relevantes.

Deixando para depois a análise dos micro-espaços e de certos pormenores de decoração, importa, para já, deduzir os significados inerentes aos vastos espaços físicos representados no romance; assim, em função da mencionada deslocação de Carlos no decurso da história, verifica-se que os espaços geográficos privilegiados são sobretudo os de Coimbra e Lisboa (cabendo, como se verá, as alusões a Santa Olávia especialmente às relações entre o ponto de vista de Vilaça e esse espaço particular). Mas mesmo Coimbra e Lisboa não se limitam a ser espaços físicos estáticos: mais do que isso, as duas cidades inspiram especialmente referências de tipo cultural, político, económico, etc.; ou seja, tudo aquilo que cabe dentro do âmbito do espaço social.

Em Coimbra (pp. 88-95), para além da boémia e dos primeiros assomos de diletantismo, a existência de Carlos da Maia surge marcada ainda pelo Romantismo. Com efeito, apesar de escarnecer os «idílios futricas» de Ega, também Carlos «terminou por se enredar num episódio romântico com a mulher dum empregado do Governo Civil» (p. 93):

> Trocaram-se cartas; e ele viveu semanas banhado na poesia áspera e tumultuosa do primeiro amor adúltero. Infelizmente a rapariga tinha o nome bárbaro de Hermengarda; e os amigos de Carlos, descoberto o segredo, chamavam-lhe já «Eurico, o Presbítero», dirigiam para Celas missivas pelo correio com este nome odioso (p. 93).

Note-se que até o desenlace desta ligação momentânea nos serve para melhor definirmos as águas românticas em que navegam Carlos e os companheiros da sua geração; o modo como é explorado, em termos de paródia, o nome da amante de Carlos (sintomaticamente qualificado como «bárbaro») e o facto de o narrador atribuir ao nome de Eurico o qualificativo «odioso», tem um duplo significado: em primeiro lugar, isso mostra que a geração de Carlos rejeita o Romantismo que defluiu do magistério estético de Herculano, isto é, o Ultra-romantismo; em segundo lugar, verifica-se que a feição romântica ainda própria destes jovens se encaminha para outras zonas: para as do satanismo e para as do empenhamento social abstracto. E como expoente máximo (exagerado, como sempre...) desta tendência aí está João da Ega que, a partir daqui não mais deixará de desempenhar um papel de relevo ao lado de Carlos:

> João da Ega, com efeito, era considerado não só em Celorico, mas também na Academia, que ele espantava pela audácia e pelos ditos, como o maior ateu, o maior demagogo, que jamais aparecera nas sociedades humanas. Isto lisonjeava-o: por sistema exagerou o seu ódio à Divindade, e a toda a Ordem social: queria o massacre das classes médias, o amor livre das ficções do matrimónio, a repartição das terras, o culto de Satanás. O esforço da inteligência neste sentido terminou por lhe influenciar as maneiras e a fisionomia; e, com a sua figura esgrouviada e seca, os pêlos do bigode arrebitados sob o nariz adunco, um quadrado de vidro entalado no olho direito — tinha realmente alguma coisa de rebelde e de satânico. Desde a sua entrada na Universidade, renovara as tradições da antiga boémia: trazia os rasgões da batina cosidos a linha branca; embebedava-se com carrascão; à noite, na Ponte, com o braço erguido, atirava injúrias a Deus (pp. 92-93).

Não que as pistas sugeridas por Ega venham a ser sistematicamente exploradas, quando, já em Lisboa, o autor falhado das «Memórias dum Átomo» se confrontar com Alencar. Mas a verdade é que fica claramente evidenciado que os valores estéticos de Ultra-romantismo estão em decadência; e isto apesar de se manter bem vivo ainda, nesta geração, um substrato de sentimentalismo que justifica, em grande parte, o subtítulo da obra («Episódios da vida romântica»).

Por aqui se vê facilmente que os grandes espaços geográficos dos *Maias* constituem sobretudo motivo para a representação de atributos (mentalidades, vícios, esquemas culturais, etc., etc.) inerentes ao espaço social. De tal modo isso é evidente em relação a Lisboa, que se nos impõe uma referência mais demorada, tendo em conta especialmente o papel desempenhado pelas personagens figurantes. Isso não impede, no entanto, que se extraia, para já, um significado global da localização da acção em Lisboa.

O espaço da capital é, antes de mais, o espaço da centralidade da nação portuguesa. Disse-se já que a crítica, nos *Maias,* se exerce a partir dos estratos dominantes da sociedade da Regeneração; ora, esta afirmação não se pode dissociar, como é óbvio, do facto de ser sobretudo em Lisboa que se situa uma grande parte da acção. É que Lisboa (fora da qual, no dizer de Ega, «não há nada. O país está todo entre a Arcada e S. Bento». (p. 170)) polariza a vida política e a vida económica do país, a literatura, a diplomacia e o jornalismo; em resumo: tudo o que constituía a morna ocupação da camada dirigente que regia os destinos do país.

Este carácter centralizador de Lisboa manifesta-se já, aliás, no *Crime do padre Amaro;* aí, não é por acaso que o episódio final se passa na capital. É que, para além de outros significados que não cabe agora explorar, só assim se mostra cabalmente que a podridão da vida pequeno--burguesa de Leiria não é restrita. Ela confirma-se amplamente e ganha até uma certa coerência (bem dramática, evidentemente), quando verificamos que, no cenário alargado de Lisboa, se vive também uma vida de corrupção, decadência e mediocridade mental, representada nas tiradas empoladas mas míopes do conde de Ribamar. E nos *Maias* voltará a manifestar-se a importância do espaço de Lisboa como cenário que envolve o epílogo da história, para mais valorizado por elementos de ordem temporal e simbólica (6. IDEOLOGIA: 6.2.2. Personagem central).

Por agora e mais do que isso, compete-nos ter em conta a utilização dos **micro-cenários** interiores enquanto factor de acentuação de certos significados mais ou menos relevantes na economia da história. É isso que ocorre, por exemplo, com diversos objectos e pormenores de decoração susceptíveis de evocarem, por antecipação, o desenrolar da intriga e merecedores, a seu tempo, de atenção particular; noutras circunstâncias, o cenário liga-se directamete a personagens e a situações, por meio de uma relação de ironia dotada de óbvios intuitos críticos ou satíricos: é assim com a cena em que Carlos beija a condessa de Gouvarinho junto do «busto em barro do conde, na sua expressão de orador» (p. 297); algo idêntico se passa com o quarto (em casa de Miss Jones) em que ambos escondem os seus encontros, todo ele «um ninho de Bíblias» e com paredes «forradas de cartonagens impressas em letras de cor irradiando versículos duros da

Bíblia, ásperos conselhos de moral, gritos dos salmos, ameaças insolentes do Inferno...» (p. 301); do mesmo modo, a ornamentação espampanante da casa de Dâmaso contrasta ironicamente não só com a baixeza moral da personagem, mas sobretudo com a sua embaraçada aflição, no episódio em que Ega o interpela em nome de Carlos (pp. 551 ss.).

Por outro lado, o espaço físico corrobora, de forma muito impressiva, a desmistificação crítica que atinge diversos aspectos da vida social lisboeta; apenas a título de exemplo, refira-se o que há de sintomático no facto de à degradação ética de jornais como «A Corneta do Diabo» e «A Tarde» corresponder, respectivamente, um «cubículo, com uma janela gradeada por onde resvalava uma luz suja de saguão» (p. 540) e uma entrada mal cheirosa: «dentro do pátio desse jornal elegante fedia» (p. 571).

Mas parece-nos que a descrição de micro-espaços físicos se revela significativa sobretudo quando em estreita conjugação com as personagens mais relevantes da obra; com efeito, mencionados a propósito de João da Ega, Maria Eduarda ou Carlos da Maia, os cenários que destas personagens dependem ou que as enquadram estabelecem com elas uma conexão de tipo metonímico que vem acentuar as suas características psicológicas, sociais e culturais, bem como, de forma muito mais subtil, o seu envolvimento numa intriga trágica.

É muito sugestivo, a este propósito, o que se passa com a Vila Balzac, a casa em que João da Ega se instala em Lisboa. Desde logo, o próprio nome escolhido remete a duas características fundamentais do temperamento da personagem: a propensão de Ega para a criação literária, normalmente adiada, mas sempre entusiasticamente planeada, e a sua personalidade carregada de contradições; porque, escolhendo como «seu padroeiro» (p. 145) um escritor realista (e manifestando-se por diversas vezes adepto convicto do Realismo e do Naturalismo), Ega acaba, afinal, por protagonizar reacções e comportamentos eivados de Romantismo. Por outro lado, certos aspectos da decoração concorrem, de forma muito clara, para fazerem da Vila Balzac uma realização das concepções do próprio Ega, que afirmava que «o móvel deve estar em harmonia com a ideia e o sentir do homem que o usa!» (p. 149). É isso que verificamos, se atentarmos no aspecto do quarto de cama da Vila Balzac:

> E quis imediatamenre mostrar a Carlos o seu quarto de cama. ai reinava um cretone de ramagens alvadias, sobre fundo vermelho; e o leito enchia, esmagava tudo. Parecia ser o motivo, o centro da Vila Balzac; e nele se esgotara a imaginação artística do Ega

Era de madeira, baixo como um divã, com barra alta, um rodapé de renda, e de ambos os lados um luxo de tapetes de felpo escarlate; um largo cortinado de seda da Índia avermelhada envolvia-o num aparato de tabernáculo; e dentro, à cabeceira, como num lupanar, reluzia um espelho (p. 147)

Para além de acentuar a exuberância afectiva e erótica de João da Ega, com um leito que «enchia, esmagava tudo», o quarto de cama encerra outros pormenores significativos: a predominância do encarnado (o «fundo vermelho», o «felpo escarlate», a «seda da Índia avermelhada») não só confirma a exuberância referida, como sugere as conotações de satanismo mefistofélico próprias da personagem; por sua vez, o espelho que se encontra à cabeceira insinua, para além da mencionada extravagância, um temperamento exibicionista e narcisista; finalmente, com o contraste entre o «aparato do tabernáculo» e a sugestão do lupanar criada pelo espelho, vinca-se novamente o cunho contraditório do comportamento de João da Ega e a sua tendência para atitudes paradoxais.

A ligação de Maria Eduarda aos cenários que a envolvem obedece, por sua vez, a intuitos muitos especiais; neste caso, os cenários em questão encontram-se de certo modo ao serviço do processo de aproximação de Carlos relativamente àquela que será sua amante. Assim, antes ainda do conhecimento directo, Carlos vai observando o ambiente e os objectos que rodeiam Maria Eduarda, tentando adivinhar neles a personalidade (e também o mistério) que a caracteriza: é assim com o quarto do Hotel Central e é assim também com a casa da Rua de S. Francisco alugada pela mãe Cruges.

No primeiro caso, quando da visita a Rosa, é sobretudo a atmosfera de intimidade e de uma certa sensualidade que Carlos apreende nesse primeiro contacto com o espaço físico, ainda na ausência de Maria Eduarda; daí que a visão do protagonista seja atraída sobretudo pelo «delicado alvejar de roupa branca, todo um luxo secreto e raro de rendas e *baptistes*», bem como por «um sofá onde ficara estendido, com as duas mangas abertas, à maneira de dois braços que se oferecem, o casaco branco de veludo lavrado de Génova» (pp. 260-261). Sintomaticamente, porém, a Carlos não escapam outros objectos que, introduzindo no cenário observado notações de estranheza e excesso, começam a esboçar o sentido de irregularidade que acabará por dominar a ligação entre as duas personagens:

Depois, ao escrever a receita, Carlos notou ainda sobre a mesa alguns livros de encadernações ricas, romances e poetas ingleses; mas destoava ali, estranhamente, uma brochura singular — o «Manual de Interpretação dos Sonhos». E ao lado, em cima do toucador, entre os marfins das escovas, os cristais dos frascos, as tartarugas finas, havia outro objecto estravagante, uma enorme caixa de pó de arroz, toda de prata dourada, com uma magnífica safira engastada na tampa dentro de um círculo de brilhantes miúdos, uma jóia exagerada de *cocotte*, pondo ali uma dissonância audaz de esplendor brutal (p. 263).

Na casa da Rua de S. Francisco, novamente Carlos observa uma espécie de projecção do temperamento de Maria Eduarda (note-se a seguinte passagem: «e em tudo havia a ordem clara que tão bem condizia com o seu puro perfil»; p. 352); neste caso, para além de ver confirmada a mesma atmosfera de intimidade presente no Hotel Central, Carlos é atraído pela decoração com que Maria Eduarda procura atenuar o desconforto da casa da mãe Cruges: as cortinas novas, o pequeno contador árabe, duas taças japonesas, um cesto de porcelana, ou seja, todo um conjunto de «retoques de conforto e de gosto» constituem afinal uma forma superficial de ocultar a nudez inicial do ambiente; e nessa tentativa de ocultação pode talvez perceber-se difusamente representado o engano em que estão a ser envolvidas as duas personagens que momentaneamente participam do artificialismo do cenário.

Mas é sobretudo na vivenda dos Olivais que o micro-espaço físico surge marcado por virtualidades semânticas evidentes, as quais, girando normalmente na órbita do simbólico, apontam para a tragédia que atingirá a família dos Maias através do incesto. Deixando para momento mais adequado a análise do que há de pressagioso na descrição da alcova [2] (indubitavelmente o cenário mais relevante porque aquele em que se consumará a ligação incestuosa), chamaremos a atenção sobretudo para um sentido evocado por Maria Eduarda:

Desceram à sala de jantar. E aí, diante da famosa chaminé de carvalho lavrado, flanqueada, à maneira de cariátides, pelas duas negras figuras de núbios, com os olhos rutilantes de cristal, Maria Eduarda começou a achar o gosto do Craft excêntrico, quase exótico... (p. 432).

Com efeito, o que há de exótico e excêntrico neste cenário (e o exotismo, não o esqueçamos, prolonga-se ainda no quiosque japonês do jardim (p. 455)) não são só os objectos e a decoração inspirada por Craft: mais do que eles (e insinuada por eles) a excentricidade e a anormalidade

---

(2) Cf. *infra*, pp. 96-97

caracterizarão sobretudo as relações amorosas de Carlos e Maria Eduarda, através da concretização do incesto. A essa anormalidade referiu-se, aliás, Alberto Machado Rosa, quando viu em três dos objectos da Toca prenúncios do desfecho trágico da intriga, que é também o da família dos Maias: o armário da Renascença com os seus dois faunos, símbolos da atracção carnal, a taça de faiança com o seu sinistro «renque de negros ciprestes» (p. 436) e o ídolo japonês, «representação transparente de tudo quanto é sórdido e anormal no incesto» ([3]).

De todos os cenários, aquele que se reveste de maior densidâde e virtualidades significativas é, porém, o do Ramalhete. Com efeito, ele surge na economia da história como o cenário que delimita a passagem de Carlos por Lisboa (da chegada, em 1875, ao regresso, cerca de doze anos depois), acompanhando o evoluir da intriga e o estalar da catástrofe; daí que a sua presença na obra deva repartir-se por três fases distintas: a da instalação do protagonista, a dos dois anos de vida em Lisboa e a do reencontro em 1887.

A fase da instalação representa, de forma muito nítida, uma projecção de Carlos no ambiente que o rodeia, confirmando a sua formação britânica que o levará a contratar um decorador inglês; é sob a égide deste e sob a inspiração distanciada de Carlos, que o Ramalhete se transformará num espaço «de luxo inteligente e sóbrio», preparando-se para acolher uma existência que então se previa fecunda. Só que a acumulação de objetos de arte ([4]) e os pormenores decorativos de ressonância exótica (cf. pp. 8-9) serão suficientes para lançarem algumas dúvidas sobre as efectivas motivações de Carlos, cujas preocupações parecem cingir-se ao exercício de um dandismo um tanto estranho no limitado meio social lisboeta: de tal modo assim é que, perante os quartos de Carlos, «os recostos acolchoados, a seda que forrava as paredes, faziam dizer ao Vilaça que aquilo não eram aposentos de médico — mas de dançarina!» (pp. 9-10).

([3]) A. MACHADO DA ROSA, *Eça discípulo de Machado?*, Lisboa, Ed. Presença, s/d., p. 373; cf. também pp. 370-372.

([4]) A preferência de Carlos por objectos antigos torna-se mais sigificativa, do ponto de vista psicológico, se a aproximarmos destas palavras de Jean Baudrillard: «o gosto do antigo é característico do desejo de transcender a dimensão do sucesso económico, de consagrar num signo simbólico, culturalizado e redundante, um sucesso social ou uma posição privilegiada. O antigo representa, entre outras coisas, o sucesso social que procura uma legitimidade, uma hereditariedade, uma sanção nobre» (*Pour une critique de l'économie politique du signe*, Paris, Gallimard, 1976, p. 29).

Como quer que seja, numa segunda fase, o Ramalhete serve de pano de fundo relativamente discreto tanto ao evoluir da intriga, como à representação da crónica de costumes; deste modo, apenas esporadicamente se recorda o seu «luxo maciço e sóbrio» (p. 101) ou o confortável ambiente em que «a luz (...) coada, caindo sobre os damascos vermelhos das paredes, dos assentos, fazia como uma doce refracção cor-de-rosa» (p. 114). O que isto significa é que ironicamente tudo se combina, no cenário físico do Ramalhete, para que a existência dos que o habitam se traduza em termos de tranquilidade e felicidade; só que, ao contrário destas sugestões, essa existência acabará por confirmar o sombrio presságio criado pelos cuidados de decoração de Carlos que preparara para o avô «uma venerável cadeira de braços, cuja tapeçaria mostrava ainda as armas dos Maias no desmaio da trama de seda» (p. 9). Com efeito, presos na trama do destino, os Maias não escaparão a um outro desmaio que é o da sua própria decadência.

É essa decadência que genericamente se nos depara no último período do cenário do Ramalhete no romance. A ela não são alheios, porém, os termos amargurados e pessimistas que marcam o reencontro do protagonista com um espaço que não pode deixar de evocar o sofrimento provocado pelo desenlace da intriga; por isso, perante a visão de Carlos (acompanhado por um Ega que em grande parte comunga das suas emoções e recordações), não é apenas o desconforto que caracteriza o Ramalhete abandonado, mas também uma atmosfera de dispersão e morte:

> E os dois amigos atravessaram o peristilo. Ainda lá se conservavam os bancos feudais de carvalho lavrado, solenes como coros de catedral. Em cima, porém, a antecâmara entristecia, toda despida, sem um móvel, sem um estofo, mostrando a cal lascada dos muros. (...) Depois, no amplo corredor, sem tapete, os seus passos soaram como num claustro abandonado. Nos quadros devotos, de um tom mais negro, destacava aqui e além, sob a luz escassa, um ombro descarnado de eremita, a mancha lívida de uma caveira. Uma friagem regelava. Ega levantara a gola do paletó (p. 107).

A hostilidade do cenário descrito e as conotações de sofrimento que o caracterizam são suficientemente claras para dispensarem comentários. Mas elas só se compreendem totalmente quando, nas páginas finais da obra, Carlos contempla, pela última vez, esse espaço que ele próprio idealizara e a que procura dar forma:

> O quarto escurecia no crepúsculo frio e melancólico de Inverno. Carlos pôs também o chapéu: e desceram pelas escadas forradas de veludo cor de cereja, onde ainda pendia, com um ar de ferrugem, a panóplia de velhas armas. Depois na rua Carlos

parou, deu um longo olhar ao sombrio casarão, que naquela primeira penumbra tomava um aspecto mais carregado de residência eclesiástica, com as suas paredes severas, a sua fila da janelinhas fechadas, as grades dos postigos térreos cheias de treva, mudo, para sempre desabitado, cobrindo-se já de tons de ruína (p. 714)

Como encerramento do tratamento do espaço físico (e como derradeira confirmação do seu impacto semântico) são muito significativas duas referências aqui presentes: o ar de ferrugem (isto é, de decadência) da panóplia, símbolo evidente de um poder e de um prestígio irremediavelmente entrados no ocaso; os «tons de ruína» que, regressando ao Ramalhete (recorde-se que na primeira página do romance, antes das reformas de Carlos, aludia-se aos mesmos «tons de ruína», numa descrição muito semelhante à que transcrevemos), nele se instalam para sempre, como consequência (e sinal) inevitável da dispersão dos Maias.

2.3. Espaço social

A demarcação do espaço social dos *Maias* tem para nós um duplo interesse, no contexto em que nos encontramos. Em primeiro lugar, essa demarcação permitir-nos-á delimitar, com certa nitidez, um nível de acção diverso do da intriga. Deste modo, iremos, ao longo da abordagem do espaço social, recolhendo elementos preciosos que, mais tarde, nos permitirão resolver duas questões fulcrais: a primeira consiste em saber que conexões existem entre este nível da história e o da intriga; a segunda (forçosamente dependente desta) relaciona-se com a localização rigorosa dos *Maias* no que respeita ao cânone naturalista.

Em segundo lugar, a análise do espaço social deste romance facultar-nos-á uma visão mais clara dos elementos constitutivos da história que permitem integrar *Os Maias* no estatuto do **roman-fleuve,** também chamado **romance-fresco;** estreitamente ligado à problemática (já aqui abordada ([5])) do romance de família, o **romance-fresco** é aquele que «através da aventura de um indivíduo, de uma família, de um clã,

([5]) Cf. *supra*, pp. 30-31.

aspira a captar *um momento histórico numa sociedade*. Deseja também, como o romance histórico ou o romance rural, representar a cor exacta de uma época e de um meio» (6). Ora é justamente uma época (a da Regeneração) e um meio (o da alta sociedade lisboeta) que o narrador dos *Maias* nos faculta, ao nível do espaço social; e consegue-o fundamentalmente à custa de dois recursos específicos: a delineação de determinadas personagens figurantes e a representação de ambientes de conjunto.

2.3.1. Figurantes

A representatividade dos figurantes e a sua função, no contexto do espaço social em que se integram, ficaram já definidas; sugerida ficou também, em relação a este tipo de personagens, a desvalorização do elemento individualizante, em benefício do realce de vícios, mentalidades e atitudes culturais. Assim, tal como em Gil Vicente o fidalgo do *Auto da barca do Inferno* não interessa tanto como Dom Anrique, mas sobretudo como corporização da fidalguia tirana, também nos *Maias* Alencar ou Palma «Cavalão» valem mais pelos esquemas mentais a que dão vida do que como personagens de excepção. Para além disso, o modo de representação dos figurantes corresponde, nos *Maias,* ao do modelo de personagem a que E. M. Forster chamou **plana** (7), isto é, a personagem quase sempre esvaziada de densidade psicológica; mas, para além disso, a personagem plana é sobretudo aquela que não interpreta atitudes inovadoras e inesperadas, a que é dotada de «tiques», trejeitos e pormenores físicos sistematicamente repetidos quando ocorre a sua intervenção na acção: a gordura em Dâmaso, o agitar da cabeleira em Alencar, a expressão «c'est grave» em Steinbroken, serão autênticos emblemas acompanhando fielmente as personagens assim identificadas. Mas analisemos separadamente os elementos mais significativos do espaço social dos *Maias.*

---

(6) R.-M. Albérès, *Histoire du roman moderne,* 4.ª ed., Paris, Albin Michel, 1971, pp. 116-117.

(7) Cf. *Aspects of the novel,* London, Edward Arnold, 1937, pp. 93 ss..

De Eusebiozinho disse-se já o suficiente para se perceber o papel por ele desempenhado no universo diegético do romance (8); representando um tipo de educação retrógrada e deformante, Eusebiozinho identifica-se também, parcialmente, com os valores culturais do Ultra-romantismo absorvido na infância. Factores já enunciados anteriormente, tanto a educação como a mentalidade doentiamente romântica ficam, por agora, em suspenso, até chegar o momento (cap. 5. PONTO DE VISTA) de explicarmos a razão do desprezo que Carlos experimenta por Eusebiozinho.

Totalmente identificado com os valores do Romantismo hipersentimental e soturno, surge-nos Tomás Alencar, personagem presente na diegese dos *Maias* desde a juventude de Pedro da Maia. Com efeito, aí o vemos já significativamente dominado por uma paixão literária por Maria Monforte:

> Estava sempre em Arroios, tinha lá o seu talher: por aquelas salas soltava as suas frases ressoantes, por esses sofás arrastava as suas poses de melancolia. Ia dedicar a Maria (e nada havia mais extraordinário que o tom langoroso e plangente, o olho turvo, fatal, com que ele pronunciava este nome — MARIA!), ia dedicar-lhe o seu poema, tão anunciado, tão esperado — «Flor de Martírio»! E citavam-se as estrofes que lhe fizera ao gosto cantante do tempo:
>
> *Vi-te essa noite no esplendor das salas*
> *Com as loiras tranças volteando louca...*
>
> (pp. 36-37)

Os termos em que é descrito o comportamento de Alencar são já elucidativos do que nele havia de caricato e exagerado: os adjectivos «langoroso», «plangente», «turvo» e «fatal», denunciando a feição sentimental e pessimista do Ultra-romantismo; a sinédoque «olho turvo», evidenciando o jeito caricatural assumido pelo poeta ultra-romântico; finalmente, as expressões «frases ressoantes», «gosto cantante» e «arrastava as suas poses», significando especialmente uma atitude poética declamatória e teatral.

Mais tarde, na Lisboa em que Carlos vive, Alencar (e com ele o Ultra-romantismo) surge-nos de novo, agora sintomaticamente confrontando-se com o Naturalismo e, por esse motivo, interpretando posições

---

(8) Cf. *supra*, pp. 40-41.

estético-ideológicas ainda mais caricatas. Numa passagem extremamente significativa a este propósito (pp. 161-162), o narrador dos *Maias* revela-nos a essência da oposição Naturalismo/Ultra-romantismo: trata-se, fundamentalmente, de contrapor uma vigorosa análise social de grande receptividade junto do público («esses livros poderosos e vivazes, tirados a milhares de edições» (p. 162)) a uma escola poética formal, solene e pomposa: aquilo a que o narrador sugestivamente chama «a catedral romântica, sob a qual ele (Alencar) tivera altar e celebrara missa» (p. 163).

Mas o que ainda melhor revela as contradições da poesia ultra-romântica é o modo como os seus adeptos contestam a chamada obscenidade naturalista:

> Ao princípio reagiu. «Para pôr um dique definitivo à torpe maré», como ele disse em plena Academia, escreveu dois folhetins cruéis; ninguém os leu; a «maré torpe» alastrou-se, mais profunda, mais larga. Então Alencar refugiou-se na «moralidade» como numa rocha sólida. O naturalismo, com as suas aluviões de obscenidade, ameaçava corromper o pudor social? Pois bem. Ele, Alencar, seria o paladino da Moral, o gendarme dos bons costumes (p. 163).

Deste modo, confundindo arte com moral, o poeta ultra-romântico cai no extremo da incoerência: ele, que «durante vinte anos, em cançoneta e ode, propusera comércios lúbricos a todas as damas da capital» (p. 163), confunde a análise naturalista com privilégio do torpe e transforma-se em «torre de pudicícia».

A contradição entre o ser e o parecer constitui também a essência de uma personagem como o conde de Gouvarinho. Com este, estamos com um representante da alta política e do poder instituído; estamos também com o governante periodicamente responsável — de acordo com as oscilações do rotativismo partidário — pelos destinos de um povo progressivamente decadente.

Para aquilatarmos a verdadeira dimensão humana e social do conde de Gouvarinho (que é, no fundo, a dimensão da classe política que ele corporiza) nada mais elucidativo do que as palavras discretamente mordazes de Baptista, o criado de Carlos:

> E Baptista, depois de colocar junto da cabeceira a salva com o grogue, o açucareiro, as *cigarettes*, transmitiu as revelações do Pimenta. O conde de Gouvarinho, além de muito maçador e muito pequinhento, não tinha nada de cavalheiro: dera um fato de cheviote claro ao Romão (ao Pimenta), mas tão

coçado e tão cheio de riscas de tinta, de limpar a pena à perna e ao ombro, que o Pimenta deitou o presente fora. O conde e a senhora não se davam bem: já no tempo do Pimenta, uma ocasião, à mesa, tinham-se pegado de tal modo que ela agarrou do copo e do prato, e esmigalhou-os no chão. E outra qualquer teria feito o mesmo; porque o senhor conde, quando começava a repisar, a remoer, não se podia aturar. As questões eram sempre por causa de dinheiro. O Tompson velho estava farto de abrir os cordões à bolsa... (p. 139).

Para além das referências ao temperamento e às dádivas do conde, mais importante é o facto de até o criado de Carlos se aperceber da contradição fundamental que caracteriza a vida deste casal da alta sociedade lisboeta; a aliança forçada (e conflituosa) do poder político com o poder económico, este último representado pelo pai da condessa, certamente um comerciante da colónia inglesa do Porto, dos que, no século XIX, detinham uma parcela importante da vida comercial nortenha [9].

Ora, é este conde de Gouvarinho que episodicamente aflora ao longo da crónica social dos *Maias,* normalmente retratado de forma acentuadamente irónica. No teatro de S. Carlos, proferindo banalidades «muito acima dos homens» (p. 142); em sua casa, «apertando as mãos muito tempo, com calor» (p. 298), ao amante de sua mulher, amante a quem chama «o seu querido Maia» (p. 299) ou, nas corridas, «abraçando-o ternamente pela cintura» (p. 330); em sociedade, proclamando, de modo magistral, que ser prendada significa, para uma mulher, mergulhar no idealismo medíocre de Octave Feuillet (pp. 397--398), ou que a civilização das colónias portuguesas se completaria com teatros líricos (p. 549); finalmente, protestando surdamente contra o inofensivo lirismo social de Alencar (p. 613), invariavelmente encontramos em Gouvarinho as limitações fundamentais dos políticos do constitucionalismo regenerador: a retórica oca, as referências culturais de terceira categoria, a carência de visão histórica, a imodéstia obtusa. Ou seja, tudo o que aparecera já esboçado num outro político queirosiano: o conde de Ribamar, no *Crime do padre Amaro.*

---

(9) No fundo, o Tompson velho (como lhe chama o Baptista) seria um patrício do Whitestone de *Uma família inglesa*. Só que, com Júlio Dinis, estas questões domésticas motivadas por assuntos de dinheiro eram substituídas por episódios bastante mais pacatos e de desenlace seguramente risonho.

Próximo de Gouvarinho em muitos aspectos, está Sousa Neto, representante da Administração pública e burocrata típico. Nada mais adequado para definir a mediocridade intelectual deste funcionário do Ministério da Instrução Pública do que os diálogos que trava com João da Ega e Carlos (pp. 397-400); neles, leva-se a cabo sobretudo a desmistificação da fachada e da verborreia solene de um tipo social que não pode deixar de lembrar o conselheiro Acácio, em certa medida seu predecessor mental.

De Palma «Cavalão», figura ligada ao meio jornalístico lisboeta e aos seus processos de trabalho, bastará referir as circunstâncias em que surge, no decurso da acção social dos *Maias*, para percebermos a dimensão moral que o caracteriza. Vêmo-lo primeiro na sintomática companhia de Eusebiozinho, em Sintra, dando-se ares de saber lidar com prostitutas espanholas (pp. 226-231); porque, como ele diz a Carlos e Cruges, «não é fácil! É necessário ter um certo talento! Olhem, o Herculano é capaz de fazer belos artigos e estilo catita... Agora tragam-no cá para lidar com espanholas e veremos! Não dá meia...» (p. 231).

Mais significativo ainda, do ponto de vista deontológico, é o comportamento de Palma, quando surge, num pasquim intitulado «Corneta do Diabo», um artigo insultuoso para Carlos encomendado por Dâmaso. Pago para o «apimentar» e publicar, pago igualmente para o suspender e revelar a sua origem (cf. pp. 538-544), Palma oscila, deste modo, ao sabor das conveniências de ocasião. Tal como, afinal, oscilara também (embora a outro nível e com outros intuitos) o jornalista de circunstância que fora Alípio Abranhos, quando se lhe impusera mudar de opinião acerca de determinado assunto(10).

De Steibroken não se pode dizer ser um tipo próprio do universo cultural e mental português. Representante oficial da Finlândia, Steinbroken parece resumir as suas funções diplomáticas a duas preocupações: a de exercer «com zelo, com formalidades, com praxes, o seu cargo de «barítono plenipotenciário», como dizia o Ega» (p. 119) e o de se remeter a uma neutralidade constante e prudente; o que comodamente era conseguido à custa da repetição de fórmulas inócuas: o inevitável «c'est grave» ou (em questões mais complexas...) «c'est excessivement grave». Mas, por outro lado, Steinbroken não deixa de constituir um

---

(10) Cf. *O conde d'Abranhos*, Porto, Lello, 1968, pp. 79-80.

juízo muito significativo (embora indirecto) da Finlândia sobre o universo político português. É que, ao confiar no labor de um semelhante embaixador, o país estrangeiro que ele representa revela, afinal, um conhecimento razoável do carácter monótono e repetitivo da vida pública portuguesa.

Finalmente, Dâmaso Salcede; e finalmente, porque só a ele pode caber um lugar de cúpula no meio social lisboeta, já que com Dâmaso estamos quase com uma alegoria dos vícios mais perniciosos que infestam a Lisboa da Regeneração:

> Desde moço fora célebre, na capital, por pôr casas a espanholas; a uma mesmo dera carruagem ao mês; e este fausto excepcional tornara-o bem depressa o D. João V dos prostíbulos. Conhecia-se também a sua ligação com a viscondessa da Gafanha, uma carcaça esgalgada, caiada, rebocada, gasta por todos os homens válidos do país (...). Depois gozou uma tragédia: uma actriz do Príncipe Real, uma montanha de carne, apaixonada por ele, numa noite de ciúme e de genebra, engoliu uma caixa de fósforos; naturalmente daí a horas estava boa, tendo vomitado abominavelmente sobre o colete do Dâmaso, que chorava ao lado — mas desde então este homem de amor julgou-se fatal! (p. 192).

Dominado pela «sólida satisfação em que vivia de que todas as mulheres, desgraçadas delas, sofriam a fascinação da sua pessoa e da sua *toilette*» (p. 192), Dâmaso faz girar, à volta dessa «sólida satisfação» e da ânsia do «chique a valer», todos os defeitos de que enferma: a insistência com que impunha a sua companhia a Carlos (pp. 187 ss.), o exibicionismo que o leva às corridas de véu azul e sobrecasaca branca (pp. 337-338), a indiscrição nos contactos com Maria Eduarda (pp. 373 ss.), o recurso fácil à calúnia, no episódio da «Corneta do Diabo» (pp. 530 ss.), o comportamento titubeante e a cobardia manifestada quando publicamente tem que se desdizer (pp. 551 ss.), tudo se conjuga para confirmar o já minucioso retrato que o narrador dele facultara (pp. 188-189 e 191-192). E os vícios e a degradação moral revelada por Dâmaso de tal modo se tornam nítidos no universo social dos *Maias* que chega a desvanecer-se nele uma característica própria de quase todos os outros figurantes: a vinculação a uma certa profissão ou a um esquema cultural definido. Mais do que isso, o que Dâmaso sobretudo representa é a própria imoralidade em estado bruto.

Outros figurantes poderiam ainda ser aqui evocados para evidenciar as características da atmosfera social em que vive Carlos da Maia.

Taveira e a sua ociosidade crónica, o Cohen, representante da alta finança, o Neves do jornal «A Tarde», colega de Palma «Cavalão», a própria condessa de Gouvarinho, tentando superar o tédio e a monotonia do casamento por meio de um adultério caprichoso, e ainda outros. Todos eles, mas especialmente os que abordámos, valem sobretudo na condição de documentos sociais, de representantes de profissões, opções culturais e políticas, posições económicas e esquemas mentais.

Este quadro não ficaria completo, se não evocássemos aqui duas outras personagens figurantes que confirmam (por contraste) a mediocridade patenteada pelas acima analisadas. Uma dessas personagens é o pianista Cruges, amigo de Carlos; é, aliás, o próprio Carlos quem, independentemente de qualquer apresentação do narrador, o define a Ega, referindo-se-lhe como «um diabo adoidado, maestro, pianista, com uma pontinha de génio» (p. 107). Ora nada mais contrário ao meio cultural lisboeta do que essa «pontinha de génio»; por isso mesmo, para além do seu natural temperamento tímido e desinserido dos hábitos mundanos ([11]), Cruges surge, ao longo da crónica de costumes dos *Maias,* indelevelmente marcado pelos condicionamentos desse meio: é a música projectada e nunca composta porque o país a não sabe escutar, é o desinteresse com que, no sarau do Teatro da Trindade, a alta sociedade escuta a "Sonata Patética" — que «a marquesa de Soutal, muito séria, muito bela, cheirando devagar um frasquinho de sais, disse que era a "Sonata Pateta"!» (p. 596). No fundo, na frustração das potencialidades artísticas de Cruges, encontramos apenas um prenúncio do que, em mais larga escala, verificamos ser o próprio falhanço de Carlos.

Com Craft, assiste-se especialmente ao contraste entre aquilo a que Ega chama uma originalidade forte e a modorra lisboeta. É, aliás, o próprio Ega quem, no seu jeito exuberante, caracteriza Craft:

— O Craft é filho de um *clergyman* da igreja inglesa do Porto. Foi um tio, um negociante de Calcutá ou da Austrália, um nababo, que lhe deixou a fortuna. Uma grande fortuna. Mas não negoceia, nem sabe o que isso é.

([11]) Recorde-se o seu embaraço perante Maria Eduarda, na Toca, quando, fazendo «esforços ansiosos por murmurar algum elogio "à bela vista do sítio"», deixa escapar «inexplicavelmente coisas reles, em calão: "Vista catita! É pitada"» (p. 524).

Dá largas ao seu temperamento byroniano, é o que faz. Tem viajado por todo o universo, colecciona obras de arte, bateu-se como voluntário na Abissínia e em Marrocos, enfim vive, *vive* na grande, na forte, na heróica acepção da palavra. É necessário conhecer o Craft. Vais-te babar por ele... (pp. 108-109).

Carlos não se baba por Craft, como é óbvio; mas estabelece com ele relações de amizade íntima para nós duplamente significativas. É que Craft representa o temperamento e a formação vital britânica — e Carlos devia muito, como se sabe já, aos modelos educativos ingleses; por outro lado, Craft manifesta, de modo sistemático, um certo distanciamento e superioridade relativamente ao meio social em que se insere — e Carlos será marcado também, como se verá, por idêntica atitude. É justamente em função do comportamento referido que se percebem cabalmente as reacções fleumáticas de Craft perante os mais burlescos episódios da vida social dos *Maias*. Deste modo, não podemos estranhar que, no episódio do jantar do Hotel Central, o amigo de Carlos permaneça impassível perante a discussão de Alencar com Ega:

Já presenciara, mais vezes, duas literaturas rivais engalfinhando-se, rolando no chão, num latir de injúrias: a torpeza do Alencar sobre a irmã do outro fazia parte dos costumes de crítica em Portugal: tudo isso o deixava indiferente, com um sorriso de desdém (p. 175).

Sintomaticamente, também Craft não escapará à acção deletéria imposta pelo contexto social em que vive, não obstante a posição asséptica em que normalmente procura colocar-se; marcado, porém, pelo diletantismo e pela ociosidade, não lhe resta outra solução senão escapar-se de Portugal para Inglaterra, onde, como Carlos revela, «desgraçadamente carrega de mais nos álcoois» (p. 701).

2.3.2. Ambientes

A verdadeira dimensão de todas estas personagens só se atinge totalmente quando se ultrapassa o relativo estatismo da mera descrição. Por outras palavras, só em movimento, integradas em determinados ambientes e relacionando-se com figuras fulcrais da obra, as personagens figurantes manifestam, em toda a sua extensão, os significados fundamentais que lhes subjazem; significados esses que não podem deixar de manifestar um pendor eminentemente crítico.

Pendor crítico é, desde logo, o que encontramos num dos primeiros episódios de conjunto do romance: o jantar do Hotel Central (pp. 157--176); trata-se de um acontecimento eminentemente mundano, cuja intenção fundamental é homenagear o banqueiro Cohen, de cuja mulher Ega (ao mesmo tempo promotor da homenagem...) é amante. Em termos funcionais, o jantar do Hotel Central serve, no entanto, fundamentalmente para propiciar um primeiro e alargado contacto de Carlos com o meio social lisboeta, isto é, com o próprio Cohen, com Alencar, com Dâmaso Salcede e outros.

Para além da posição crítica em que se situa Carlos no referido episódio (posição essa que não pode ser dissociada do recurso ao seu ponto de vista) o que interessa por agora frisar é que, no episódio do Hotel Central, estão representados os temas mais proeminentes da vida político-cultural lisboeta. Entre esses temas encontra-se a literatura e (dependendo dela) a crítica literária. Em Alencar e Ega personifica-se uma forma de antagonismo cujos termos opostos pecam igualmente por excesso (pp. 162-164): de um lado, o exagero (e a incoerência, como já se viu) da «moralização» ultra-romântica e consequente fuga ao real circundante; de outro lado, a distorção das teses naturalistas:

> Assim atacado, entre dois fogos, Ega trovejou: justamente o fraco do realismo estava em ser ainda pouco científico, inventar enredos, criar dramas, abandonar-se à fantasia literária! A forma pura da arte naturalista devia ser a monografia, o estudo seco de um tipo, de um vício, de uma paixão, tal qual como se se tratasse de um caso patológico, sem pitoresco e sem estilo... (p. 164).

O outro dos dois fogos entre os quais Ega se situa é representado por Carlos e Craft: apontando para soluções artísticas que rejeitam «a realidade feia das coisas e da sociedade estatelada nua num livro», a posição de Carlos e Craft parece tender para uma estética de conotações parnasianas; de tal modo, que o segundo chega a afirmar que «a obra de arte [...] vive apenas pela forma» (p. 164). Mas para além do confronto literário propriamente dito, as intervenções de Carlos e Craft defluem (como veremos no capítulo dedicado à ideologia) sobretudo de opções ideológicas relacionadas implicitamente com o próprio estatuto estético dos *Maias* e do narrador responsável pela enunciação.

Dependente da literatura, surge a problemática da crítica literária e do seu cânone específico. Voltando a assumir uma posição oposta a Alencar, Ega cita dois versos do poeta Simão Craveiro:

E entre duas costeletas, no decote,
Tinha um «bouquet» de rosas!

E o Alencar, que detestava o Craveiro, o homem da «Ideia Nova», o paladino do Realismo, triunfara, cascalhara, denunciando logo nessa simples estrofe dois erros de gramática, um verso errado, e uma imagem roubada a Baudelaire! (p. 172).

O que interessa frizar na reacção excitada de Alencar é a manifestação de dois vícios fundamentais da crítica literária de conotações académicas: por um lado, a mera preocupação com questões de natureza formal («dois erros de gramática, um verso errado») em detrimento da dimensão temática e verdadeiramente poética da literatura em análise. Castilho, corrigindo os seus protegidos da segunda geração romântica, não teria falado de maneira diversa. Por outro lado, a posição crítica de Alencar enferma ainda de uma outra deficiência: a pura obsessão com o plágio («uma imagem roubada a Baudelaire»), interpretando assim uma atitude de tipo policial que nada tinha que ver com valoração estética.

Mas a polémica literária toma outro rumo logo depois; esgotados os argumentos expostos, só resta o ataque pessoal, totalmente arredado da essência das questões abordadas. Como dizia Alencar, «não vale a pena ninguém zangar-se por causa desse Craveirote da «Ideia Nova», esse caloteiro, que se não lembra que a porca da irmã é uma meretriz de doze vinténs em Marco de Canavezes!» (p. 174). No fundo, não havia grande distância entre o tom destas palavras e muitas das posições tomadas numa famosa polémica literária que opusera especialmente Antero a Castilho: a chamada «Questão Coimbrã» (1865-1866), rapidamente pessoalizada depois das primeiras intervenções críticas. O que confirma a ideia de que Alencar vale mais como representante de uma mentalidade de certo modo generalizada do que como personagem individualizada e isolada.

A discussão entre Ega e Alencar não se encerra, porém, sem uma última cena: o envolvimento dos dois opositores numa cena de pancada:

> — Não, isso agora é de mais, pulha! — gritou Ega, arremessando-se, de punhos fechados.
>
> Cohen e Dâmaso, assustados, agarraram-no. Carlos puxara logo para o vão da janela o Alencar, que se debatia, com os olhos chamejantes, a gravata solta. Tinha caído uma cadeira; a correcta sala, com os seus divãs de marroquim, os seus ramos de camélias, tomava um ar de taverna, numa bulha de faias, entre a fumaraça de cigarros (p. 174).

O comentário do narrador é já de si significativo, mas pode ir-se além dele: em última análise, o que todo este episódio do jantar do Hotel Central representa é o esforço frustrado de uma certa camada social (por ironia a mais destacada) para assumir um comportamento digno e requintado. Só que (à parte algumas excepções) a realidade dos factos vem ao de cima; que o mesmo é dizer: as limitações culturais e morais não se ocultam à custa de ementas afrancesadas, divãs de marroquim e ramos de camélias.

Este significado profundo acaba por adequar-se também a outras ocorrências do mesmo episódio: ao cínico calculismo com que a degradação financeira do país é comentada por Cohen, afinal um dos beneficiários da situação (pp. 165-166); à miopia histórica de Alencar (sempre ele...), tributária ainda da mentalidade retrógrada e passadista que via na ameaça espanhola um perigo para a independência nacional e esquecia o adormecimento geral do país (pp. 167-168) (12).

Várias destas personagens e muitas outras surgem-nos num episódio do capítulo X, o episódio das corridas (pp. 312-341), no qual não pode deixar de estar empenhado a fundo Dâmaso Salcede, o obcecado do «chique a valer». E isto porque as corridas de cavalos representam, na Lisboa quase finissecular, um esforço desesperado de cosmopolitismo, concretizado, no entanto, à custa de uma imitação do estrangeiro. Imitação, aliás, sintomaticamente reprovada (ainda que de modo

---

(12) Num texto extremamente polémico, Eça de Queirós critica em Pinheiro Chagas um modo de pensar idêntico ao de Alencar, ao qual chama «patriotice», por oposição ao patriotismo autêntico, preocupado sobretudo em interpretar um esforço de reabilitação nacional activamente virado para o futuro (cf. «Brasil e Portugal», in *Notas contemporâneas,* Lisboa, Livros do Brasil, s/d., pp. 42-61).

risonho) por Afonso da Maia, para quem «o verdadeiro patriotismo, talvez (...) seria, em lugar de corridas, fazer uma boa tourada» (p. 308).

Como quer que seja, as corridas não deixam de ter lugar, o que permite lançar uma visão panorâmica sobre a alta sociedade lisboeta (incluindo o próprio rei); e novamente encontramos Carlos (e Craft) em contacto directo com esse universo social dominado pela monotonia e pela improvisação:

> No centro, como perdido no largo espaço verde, negrejava, no brilho do sol, um magote apertado de gente, com algumas carruagens pelo meio, donde sobressaíam tons claros de sombrinhas, o faiscar de um vidro de lanterna, ou um casaco branco de cocheiro. Para além, dos dois lados da tribuna real forrada de um baetão vermelho de mesa de repartição, erguiam-se as duas tribunas públicas, com o feitio de traves mal pregadas, como palanques de arraial. A da esquerda, vazia, por pintar, mostrava à luz as fendas do tabuado. Na da direita, besuntada por fora de azul-claro, havia uma fila de senhoras quase todas de escuro encostadas ao rebordo, outras espalhadas pelos primeiros degraus; e o resto das bancadas permanecia deserto e desconsolado, de um tom alvadio de madeira, que abafava as cores alegres dos raros vestidos de Verão. Por vezes a brisa lenta agitava no alto dos dois mastros o azul das bandeirolas. Um grande silêncio caía do céu faiscante (p. 314).

Estas palavras são, para nós, altamente significativas: um cenário que, em princípio, deveria ostentar a exuberância e o colorido normais num acontecimento mundano como umas corridas de cavalos, denota, afinal, uma feição provinciana indesmentível. E isto é tanto mais significativo quanto é certo que o clima humano respirado no hipódromo era, também ele, dominado por uma carência de motivação e vitalidade evidentes:

> No recinto em declive, entre a tribuna e a pista, havia só homens, a gente do Grémio, das secretarias e da Casa Havanesa; a maior parte à vontade, com jaquetões claros, e de chapéu-coco; outros mais em estilo, de sobrecasaca e binóculo a tiracolo, pareciam embaraçados e quase arrependidos do seu chique. Falava-se baixo, com passos lentos pela relva, entre leves fumaraças de cigarro. Aqui e além um cavalheiro, parado, de mãos atrás das costas, pasmava languidamente para as senhoras. Ao lado de Carlos dois brasileiros queixavam-se do preço dos bilhetes, achando aquilo uma «sensaboria de rachar».
>
> Defronte a pista estava deserta, com a relva pisada, guardada por soldados: e junto à corda, do outro lado, apinhava-se o magote de gente, com as carruagens pelo meio, sem um rumor, numa pasmaceira tristonha, sob o peso do sol de Junho. Um rapazote, com uma voz dolente, apregoava água fresca (p. 315).

Para além destas características de conjunto patenteadas pelo cenário físico e humano (afinal indissociáveis) das corridas, verifica-se um desinteresse geral pelo próprio fenómeno desportivo que elas constituem; de tal modo que, «no silêncio que se fez, de lassidão e desapontamento» (p. 320), chega a não se saber bem quem ganhara uma das corridas.

Mas o acontecimento mais significativo ocorre quando uma desordem estala, mesmo junto da tribuna real, justamente por causa desse resultado duvidoso:

> Por entre o alarido vibravam, furiosamente, os apitos da polícia; senhoras, com as saias apanhadas, fugiam através da pista, procurando espavoridamente as carruagens — e um sopro grosseiro de desordem reles passava sobre o hipódromo, desmanchando a linha postiça de civilização e a atitude forçada de decoro... (p. 325).

As palavras finais, deixando perceber mais uma vez o contraste entre o ser e o parecer, são já muito claras quanto à inadequação da atmosfera mundana e cosmopolita das corridas no universo social português; mas elas tornam-se mais claras (e também mais críticas) se forem aproximadas das que concluíam a referência a uma outra desordem já aqui citada ([13]) e ocorrida no jantar do Hotel Central. O que novamente vem confirmar a ideia de que no espaço social dos *Maias,* se encontram representados não acontecimentos isolados e excepcionais, mas antes episódios amplamente elucidativos da mentalidade e comportamentos da alta sociedade lisboeta.

Igualmente representativo é um outro episódio, de participação humana mais reduzida, mas ainda assim importante: o jantar em casa do conde de Gouvarinho (pp. 388-402). Aí, novamente na presença da alta burguesia, da aristocracia e, de modo geral, da camada dirigente do país, deparam-se-nos os temas mais prementes da vida social dos *Maias.* Particularmente virado agora para duas personagens (o conde de Gouvarinho e sobretudo Sousa Neto), o nível da crónica de costumes evidencia especialmente a mediocridade mental dos figurantes referidos: nos comentários acerca da educação das mulheres (pp. 397-398), na referência a Proudhon (pp. 398-399), na

---

([13]) Cf. *supra,* p. 60.

curiosidade de Sousa Neto em relação ao estrangeiro (pp. 399-401), o que fundamentalmente se denuncia é a superficialidade de juízos dos mais destacados funcionários do Estado, aliada a uma evidente (e natural...) incapacidade de diálogo.

Num outro âmbito crítico, situa-se o episódio do jornal «A Tarde» (pp. 571-579); aí, na altura em que Ega diligencia no sentido de publicar a carta de Dâmaso, patenteiam-se-nos os vícios mais degradantes do jornalismo nacional. É, antes de mais, a parcialidade que leva o director do jornal (ao mesmo tempo e sintomaticamente, deputado e político) a recusar a carta de Dâmaso porque o confunde com um correlegionário para, desfeito o equívoco, se servir da mesma carta como meio de vingança política porque, como cinicamente afirma, «as questões de honra antes de tudo» (p. 573). A mesma parcialidade preside, aliás, aos esforços de um redactor medíocre, debalde empenhado em redigir uma notícia anunciando o livro do poeta Craveiro, «que é bom rapaz, e demais pertence cá ao partido». (p. 577). Mas a dependência política representada neste episódio assume o seu expoente mais elevado quando uma outra personagem, Gonçalo, reconhecendo embora que o conde de Gouvarinho é «uma cavalgadura», tenta justificar o apoio que lhe é concedido:

> — É necessário, homem! Razões de disciplina e de solidariedade partidária... Há uns compromissos... O Paço quer, gosta dele...
> Espreitou em roda, murmurou, colado ao Ega:
> — Há aí umas questões de sindicatos, de banqueiros, de concessões em Moçambique... Dinheiro, menino, o omnipotente dinheiro! (pp. 578-579).

Para além de tudo o que já foi referido, na redacção da «Tarde» está presente ainda um certo aspecto das relações sociais instituídas na sociedade portuguesa que serve de pano de fundo aos *Maias:* a posição de macrocefalia ocupada pela capital relativamente ao espaço da província. Por isso, os supostos deputados «que a crise arrastara a Lisboa, arrancara à quietação das vilas e das quintas (...) vinham ali às noites, àquele jornal do partido, saber as novas, *beber do fino,* uns com esperanças de empregos, outros por interesses de terriola, alguns por ociosidade» (p. 573). Mas ao mesmo tempo existe nesta relação de dependência uma faceta de certo modo grotesca: ingenuamente suspensos da verborreia do Neves, os representantes do espaço provinciano não deixam de manifestar o «vâgo medo que aquele "robusto" talento lhes pedisse, num vão de janela, duas ou três moedas» (p. 574). O que nos parece elucidativo como denúncia da contrapartida económica que a província, ainda por cima, devia à capital como retribuição da situação de dependência citada.

Um último episódio de representação do panorama social lisboeta ocorre, quando Ega e Carlos assistem ao sarau literário do Teatro da Trindade (pp. 586-613), num momento em que está prestes a estalar o fatal desenlace da intriga. Vários dos elementos socioculturais que integram este cenário foram já directa ou indirectamente referidos a propósito de episódios anteriores: a superficialidade das conversas, o alheamento perante a música tocada por Cruges (pp. 595-597), as atitudes empoladas do conde de Gouvarinho (pp. 602-604), a tibieza de Eusebiozinho (pp. 605-606), etc.. Mas um outro aspecto do panorama mental português encontra-se aqui representado, pela primeira vez de modo razoavelmente desenvolvido; referimo-nos à oratória, corporizada em Rufino, «um bacharel transmontano, muito trigueiro, de pêra» (p. 587). Para além da bajulação e das banalidades que o orador solta (e que, de um modo geral, revelam uma orientação marcadamente idealista e clerical), o que aqui está em causa também são dois vícios fundamentais deste tipo de oratória: o recurso a imagens de originalidade duvidosa («o Anjo da Esmola que ele entrevira, além no azul, batendo as asas de cetim...»; p. 587) e o modo como o auditório se deixa inflamar («Um largo frémito de emoção passou. Vozes sufocadas de gozo mal podiam murmurar: "Muito bem, muito bem"»; p. 589) por tiradas ocas que, à custa de lugares-comuns de retórica fácil, apelavam à sensibilização de um público deformado pelos excessos líricos do Ultra-romantismo.

É justamente (e novamente) o lirismo ardente que vai constituir o fulcro da intervenção de Alencar no sarau, um Alencar inevitavelmente caracterizado pelas poses típicas do Ultra-romantismo:

> Esguio, mais sombrio naquele fundo cor de canário, o poeta derramou pensativamente pelas cadeiras, pela galeria, um olhar encovado e lento: e um silêncio pesou, mais enlevado, diante de tanta melancolia e de tanta solenidade (p. 607).

Só que, desta vez, Alencar pretende carregar esse lirismo de conotações sociais, abordando uma temática que não deixará de irritar o conde de Gouvarinho, representante do poder instituído ([14]). O que acontece, no entanto, é que os truques estilísticos e o pendor retórico do Ultra-romantismo são suficientes para obliterar, sob uma capa de de emoção fácil, as (aliás) ingénuas e utópicas propostas sociais de Alencar, em cuja República «o milionário, sorrindo, abre os braços ao operário!» (p. 609). Deste modo, o poeta da «Democracia» mais não consegue do que recriar (embora com métodos diversos) a excitação colectiva conseguida por Rufino, explorando, no fundo, as carências culturais de um público temperamentalmente seduzido por artifícios estéticos estereotipados:

> Uma rajada farta e franca de bravos fez oscilar as chamas do gás! Era a paixão meridional do verso, da sonoridade, do liberalismo romântico, da imagem que esfuzia no ar com um brilho crepitante de foguete, conquistando enfim tudo, pondo uma palpitação em cada peito, levando chefes de repartição a berrarem, estirados por cima das damas, no entusiasmo daquela república onde havia rouxinóis! (p. 611).

Todos estes episódios de ampla participação por parte das figuras mais típicas do meio social dos *Maias* constituem portanto, o vasto cenário humano, cultural e mental em que se projecta a existência da personagem central. Um último episódio desta natureza virá ainda a ser abordado: o passeio final de Carlos e Ega em Lisboa, analisado noutro local por dois motivos. Em primeiro lugar, pela sua dimensão eminentemente ideológica, servida por um processo de representação de carácter simbólico; em segundo lugar, porque esse episódio não se situa na mesma época da vida de Carlos: ele ocorre dez anos depois dos que agora foram considerados, com as consequências resultantes da passagem de tempo sobre a personagem e sobre o meio com que se defrontará.

Se chamámos a atenção para esta última característica do episódio final dos *Maias,* foi porque ele tem que ver com um último aspecto sobre que queremos debruçar-nos: a possível influência do meio social (e dos seus elementos constitutivos) sobre a personagem central.

---

(14) Interpelado no final por Ega, Gouvarinho exclama:

«— Numa festa de sociedade, sob a protecção da rainha, diante de um ministro da Coroa, falar de barricadas, prometer mundos e fundos às classes proletárias... É perfeitamente indecente!» (p. 613).

Sabemos já que Carlos teve uma educação situada nos antípodas da deformante e conservadora educação portuguesa típica; ora o que importa saber é se essa educação foi suficiente para fazer Carlos triunfar na vida e consumar as potencialidades vitais que nele se adivinham, sobretudo na época da sua formação:

> E o que justamente seduzia Carlos na medicina era essa vida «a sério», prática e útil, as escadas de doentes galgadas à pressa no fogo de uma vasta clínica, as existências que se salvam com um golpe de bisturi, as noites veladas à beira de um leito, entre o terror de uma família, dando grandes batalhas à morte. Como em pequeno o tinham encantado as formas pitorescas das vísceras — atraíam-no agora estes lados militantes e heróicos da ciência (p. 89).

Num ensaio dedicado aos *Maias,* Jacinto do Prado Coelho afirma que «Carlos não fraquejou *por causa* da educação, mas *apesar* da educação recebida»; e acrescenta que os dois motivos desse falhanço são «o temperamento portuguesmente mole e apaixonado; o meio lisboeta, portuguesmente ocioso» ([15]). É no segundo motivo apontado que importa agora atentar pois ele ajuda-nos a atingir com mais rigor o sentido crítico encerrado na crónica social dos *Maias.*

Com efeito, é mergulhado na vida ociosa do meio lisboeta que Carlos começa, a pouco e pouco, a dispersar os seus interesses e projectos; é porque esse meio não o motiva, nem lhe apresenta solicitações sérias que se vai instalando lentamente em Carlos um vício denunciado já em Coimbra: o diletantismo. Numa passagem do capítulo V muito significativa a este propósito (pp. 128-129) fica claramente patenteado o modo como o diletantismo se conjuga com um outro aspecto do seu temperamento: o dandismo, a atracção por uma vida requintada (mas improdutiva) a que o seu estatuto económico facilmente podia corresponder; por isso, Carlos — que encontra em Craft interesses idênticos aos seus — não pode evitar «as suas duas horas de armas com o velho Randon», como não pode deixar de se ocupar «sempre dos seus cavalos, do seu luxo, do seu bricabraque».

Para se ver como este comportamento afectava a actividade pro-

---

([15]) «Para a compreensão d'*Os Maias* como um todo orgânico», in *Ao contrário de Penélope,* Lisboa, Bertrand, 1976, p. 187.

fissional a que Carlos projectava dedicar-se, basta citar a passagem seguinte:

> Carlos já falava a sério da sua carreira. Escrevera, com laboriosos requintes de estilista, dois artigos para a «Gazeta Médica», e pensava em fazer um livro de ideias gerais que se devia chamar «Medicina Antiga e Moderna» (p. 129).

Os «requintes de estilista» e o «livro de ideias gerais» são muito elucidativos: para Carlos, a Medicina começa a ser, por um lado, um motivo de preocupações formais e não científicas, por outro lado, uma actividade a abordar com a superficialidade das «ideias gerais». Assim se consuma, de modo definitivo, o fracasso dos entusiásticos projectos da juventude, fracasso sentido pela própria personagem e sintomaticamente expresso pelo verbo «condenar»:

> Carlos saía pouco de casa. Trabalhava no seu livro. Aquela revoada de clientela que lhe dera esperanças de uma carreira cheia, activa, tinha passado miseravelmente, sem se fixar; restavam-lhe três doentes no bairro; e sentia agora que as suas carruagens, os cavalos, o Ramalhete, os hábitos de luxo, o condenavam irremediavelmente ao diletantismo (p. 187).

As preocupações formais, o diletantismo e o dandismo, constituem, por conseguinte, uma espécie de tentativa de evasão para uma personagem culturalmente distanciada do meio em que vive, mas incapaz de escapar às limitações e à pequenez mental desse meio. Por isso, Carlos há-de reconhecer ser um desses «seres inferiores, para quem a sonoridade de um adjectivo é mais importante que a exactidão de um sistema...» (pp. 254-255); por isso também, as propostas inflamadas de Ega («uma revista que dirigisse a literatura, educasse o gosto, elevasse a política, fizesse a civilização, remoçasse o carunchoso Portugal...»; p. 521) ficam sem continuidade quando chega a hora dos factos:

> Mas já as dificuldades surgiam. Quase todos os escritores sugeridos desagradavam ao Ega, por lhes faltar, no estilo, aquele requinte plástico e parnasiano de que ele desejava que a revista fosse o impecável modelo. E a Carlos alguns homens de letras pareciam *impossíveis* — sem querer confessar que neles lhe repugnava exclusivamente a falta de linha e o fato mal feito... (pp. 566-567).

Aí está, portanto, como o dandismo de Carlos e o parnasianismo de Ega (um Ega contraditório que, recorde-se, algum tempo antes apelava para um Naturalismo «sem pitoresco e sem estilo...»; p. 164) impedem a passagem à prática: aí está, finalmente, como um meio dispersivo e esvaziado de capacidade de solicitação fomenta nas personagens a ele sujeitas um estado de espírito e um comportamento despido de iniciativa.

Ora estas afirmações conduzem-nos forçosamente à conclusão de que, no nível da crónica social, se mantém vigente um factor fundamental da estética naturalista: a influência do meio sobre as personagens. Se essa vigência se confirma também no nível da intriga, é questão que abordaremos no capítulo seguinte.

2.4. Espaço psicológico

Com o espaço psicológico situamo-nos num domínio estreitamente relacionado com a problemática do tempo subjectivo e com o ponto de vista da narrativa. Com efeito, neste âmbito está em causa, de modo particular, a exploração de um espaço já não objectivo (como o físico) nem de implicação eminentemente crítica (como o social); é este um espaço assim chamado apenas figuradamente, porque com ele penetra--se nas «zonas» de vivência íntima de determinadas personagens. E nos *Maias,* como é natural, essas personagens são as que desempenham papéis mais relevantes na acção.

Antes de passarmos adiante, fique desde já esclarecido que a representação do espaço psicológico não é, nos *Maias,* uma inovação, se tivermos em conta a restante produção literária queirosiana. Efectivamente, já no *Primo Bazilio* e no *Crime do padre Amaro* o interior das personagens centrais disfrutava de certa projecção; tanto no que respeita à reflexão pura, como ao privilégio do universo onírico, em ambos os casos (mas especialmente no segundo) as figuras fundamentais dos dois romances surgem-nos já dotadas de certa densidade psicológica ([16]).

([16]) Cf., por exemplo, *O primo Bazilio,* Lisboa, Livros do Brasil, s/d., pp. 19-23, 220, 272, 280-281 e 301-303 e *O crime do padre Amaro*, Lisboa, Livros do Brasil, s/d., pp. 75-93, 105, 211-213 e 376-377.

Com *A Relíquia* o sonho domina todo um capítulo, justamente aquele que ocupa um lugar fulcral na estrutura da obra. E com a desvalorização do Naturalismo sistematicamente irá crescendo a importância do espaço psicológico, como se verifica, por exemplo, numa personagem como Gonçalo Ramires, na *Ilustre Casa de Ramires*.

Nos *Maias*, é sobretudo Carlos que com mais insistência desvela os meandros da sua interioridade, ocupando também João da Ega um lugar de certo destaque neste aspecto. Como se compreende, a representação do espaço psicológico vai-se acentuando, ao longo da obra, à medida que a intriga se complica e aproxima do desenlace. É que, com o desenvolvimento da intriga produz-se, como é natural, um relativo apagamento do nível da crónica de costumes; em contrapartida, neste último nível (que é, como se sabe, o de representação do espaço social), a vida psicológica das personagens mais importantes como que tende a ser submersa pelos acontecimentos que as rodeiam. Por outro lado, com o incremento da intriga vêm ao de cima os conflitos e as preocupações mais íntimas daqueles que nela se encontram envolvidos.

Isto não quer dizer, no entanto, que sobretudo Carlos da Maia seja, antes da fase mais intensa da intriga, uma personagem totalmente esvaziada de profundidade psicológica; episodicamente privilegiado neste aspecto, é até em função dele que o neto de Afonso da Maia começa a revelar-se uma personagem destacada em relação às restantes. Isso acontece, por exemplo, numa passagem em que é revelado um sonho de Carlos (pp. 184-185): precisamente aquele em que se evoca a figura de Maria Eduarda (ainda então uma desconhecida) numa representação onírica com alguma coisa de premonitório.

Maria Eduarda será também, noutras circunstâncias, o tema central da exploração da intimidade de Carlos; em Sintra, «as suas belas formas de mármore» (p. 245) ocupam a imaginação da personagem central, num fragmento extremamente elucidativo quanto à estreita relação estabelecida entre o estado de espírito de Carlos e a representação de certo cenário físico (pp. 245-246).

Também a activação da memória constitui, nos *Maias*, um estímulo para o privilégio do espaço psicológico. Não é por acaso que essa activação se processa especialmente quando a personagem central é encarada na condição de herdeiro de uma certa evolução familiar projectada no presente da história; é deste modo que novamente se confirma o papel de centralidade de Carlos da Maia, em função de quem é evocado o passado da família. Isso acontece em benefício da ilustração do espaço psicológico do romance, por exemplo, quando Carlos mergulha nas recordações do seu passado familiar revelado numa noite de boémia por Ega (pp. 182-184). Mas o momento em que o trabalho da memória ganha um impacto considerável tem lugar exactamente quando desaba a catástrofe sobre o que resta da família dos Maias, isto é, quando morre Afonso da Maia:

> Carlos, no entanto, ficara defronte do velho, sem chorar, perdido apenas no espanto daquele brusco fim! Imagens do avô, do avô vivo e forte, cachimbando ao canto do fogão, regando de manhã as roseiras, passavam-lhe na alma, em tropel, deixando-lha cada vez mais dorida e negra... E era então um desejo de findar também, encostar-se como ele àquela mesa de pedra, e sem outro esforço, nenhuma outra dor da vida, cair como ele na sempiterna paz (p. 670).

Não é por acaso que a recordação se opera de modo quase caótico: é que ela coincide com um dos momentos fulcrais da intriga, quando as personagens mais importantes estão dominadas por estados de espírito altamente emocionados. E assim chegamos ao tipo de situações em que o espaço psicológico se encontra representado de modo mais significativo: a conturbação intensa, a dúvida violentamente sentida, a crise de auto-confiança, estados de espírito estes normalmente condicionados pelo desenrolar da intriga.

É nestas circunstâncias que encontramos a personagem central reflectindo acerca do caminho a seguir com Maria Eduarda e das consequências que daí adviriam (pp. 451-453); o fluir dos pensamentos de Carlos está presente também quando se prepara para, depois das revelações de Castro Gomes, romper as suas relações com Maria Eduarda (pp. 492-493). Mas o interior da personagem é explorado ainda de forma mais minudente na altura em que a intriga atinge a sua fase culminante: quando pretende revelar à irmã a verdade já conhecida (pp. 652-654) e quando reflecte acerca das consequências do incesto (pp. 665-667):

> Mas, tendo por um só dia dormido com ela, na plena consciência da consanguinidade que os separava, poderia recomeçar a vida tranquilamente? Ainda que possuísse frieza e força para apagar dentro de si essa memória — ela não morreria no coração do avô, e do seu amigo. Aquele ascoroso segredo ficaria entre eles, estragando, maculando tudo. A existência doravante só lhe oferecia intolerável amargor... Que fazer, santo Deus, que fazer! Ah, se alguém

o pudesse aconselhar, o pudesse consolar! Quando chegou à porta de casa, o seu desejo único era atirar-se aos pés de um padre, aos pés de um santo, abrir-lhe as misérias do seu coração, implorar-lhe a doçura da sua misericórdia! Mas ai! onde havia um santo? (p. 667).

Tal como Carlos, também Ega, o comparsa inseparável, patenteia os seus pensamentos mais íntimos nos momentos em que participa directamente no desenrolar da intriga. Assim acontece, por exemplo, depois das trágicas revelações de Guimarães, quando as próprias convicções de Ega entram em crise, na desesperada resistência à verdade dos factos, conhecida a partir de então (pp. 620-622); o mesmo se passa, na altura em que o amigo inseparável de Carlos chega a duvidar da sua própria capacidade de resistência anímica, face à verificação do incesto consciente (pp. 661-662 e 664-665).

Em todas estas ocorrências, a representação do espaço psciológico permite, para além do conhecimento da conturbação interior das personagens, definir com certo rigor a composição dessas mesmas personagens; reconhecido já o seu relevo na acção, cabe agora justificar a atribuição, tanto a Carlos como a Ega, do estatuto de **personagens redondas.** Com esta designação, E. M. Forster abarca aquelas personagens que (opondo-se diametralmente às **planas**) são dotadas de considerável complexidade, interpretando comportamentos muitas vezes inesperados e revelando uma densidade psicológica desde logo significativa neste aspecto ([17]). Ora é fácil de ver que ambas as personagens analisadas no âmbito do espaço psicológico correspondem (pelo menos nesta faceta) à classificação de Forster; mas elas confirmá-la-ão, de forma não menos convincente, no que respeita à sua integração na acção.

---

(17) Cf. E. M. Forster, *Aspects of the novel*, ed. cit., pp. 101-106.

2.5. Síntese

- **Espaço**
  - Características fundamentais: físico/social/psicológico
  - Espaço físico
    - Geográfico
      - Coimbra (pp. 88-95)
      - Lisboa (pp. 96-687)
      - Sintra (cap. VIII)
    - Interiores
      - Vila Balzac (pp. 145 ss.)
      - Hotel/R. de S. Francisco/Toca (pp. 260 ss.; 347 ss.; 431 ss.).
      - Ramalhete (pp. 8 ss.; 101; 114; 707 ss.)
  - Espaço social
    - Figurantes
      - Eusebiozinho (pp. 68-69, 76) → Educação portuguesa
      - Alencar (pp. 36-37, 159-163) → Ultra-romantismo
      - Conde de Gouvarinho (p. 139) → Poder político
      - Sousa Neto (pp. 397-400) → Administração pública
      - Palma «Cavalão» (pp. 226-231, 538-544) → Jornalismo
      - Steinbroken (pp. 107, 118-119) → Diplomacia
      - Dâmaso (pp. 188-189, 191-192)
      - Cruges (p. 107) → Talento artístico
      - Craft (pp. 108-109) → Formação britânica
    - Ambientes
      - Jantar do Hotel Central (pp. 157-176)
        - Literatura
        - Crítica literária
        - Finanças
        - História de Portugal
      - Corridas (pp. 312-341)
      - Jantar do conde de Gouvarinho (pp. 388-402)
      - Redacção de «A Tarde» (pp. 571-579)
        - Jornalismo
        - Política
      - Sarau (pp. 586-613)
        - Oratória
        - Literatura
    - Influências: Carlos da Maia
      - Diletantismo
      - Dandismo
      - → pp. 128-129, 187
  - Espaço psicológico
    - Sonho (pp. 184-185)
    - Imaginação (p. 245)
    - Memória (pp. 182-184, 670)
    - → Carlos da Maia
    - Emoção
      - Carlos (pp. 451-453, 492-493, 652-654, 665-667)
      - João da Ega (pp. 620-622, 661-662, 664-665)

3. ACÇÃO

Com a análise da acção dos *Maias*, passamos a uma etapa fundamental do estudo deste romance: aquela em que se observará a dinâmica particular assumida pelas personagens, dinâmica que, no entanto, não pode ser considerada em bloco. Com efeito, veremos que, para devidamente se tomar em consideração a problemática da acção, há que distinguir previamente os *níveis* em que operam as personagens e o tipo de acções em que participam; em segundo lugar, abordar-se-á a *estrutura da intriga* propriamente dita, incluindo nela o jogo de forças e tensões instituído entre as personagens; finalmente, poderemos avaliar de modo fundado a dimensão trágica que caracteriza a acção principal dos *Maias*.

Antes, porém, de entrarmos na análise dos três aspectos da acção enunciados, torna-se necessário recordar rapidamente uma noção a que atribuímos uma certa importância: no romance naturalista ortodoxo, a intriga tinha como função prioritária a de demonstrar as teses que a história comportava. De teor eminentemente social, essas teses contemplavam quase sempre questões de natureza educacional, psicopatológica, cultural, económica, etc. Assim acontece, por exemplo, numa obra como *O crime do padre Amaro*; da longa caracterização das pesonagens Amaro e Amélia (caps. III e V), inferem-se as teses a demonstrar e que são, respectivamente: o sacerdócio imposto e sem vocação está condenado ao fracasso; a educação religiosa deficiente, divinizando o padre, leva a mulher à degradação. Cruzando-se na intriga depois desencadeada, Amaro e Amélia mais não fazem do que evidenciar, através dessa mesma intriga, a pertinência das teses implicadas no romance.

Ora o que fundamentalmente nos interessa clarificar com o estudo da acção dos *Maias* é o seguinte: corresponde a intriga à necessidade de demonstrar teses sociais? Ou, noutros termos, a acção dos *Maias*, que revelava ao nível da influência do meio social sobre a personagem central um certo pendor naturalista, confirma esse pendor no que respeita à intriga?

Veremos a seguir que não acontece assim.

3.1. Níveis e relevo da acção

Com o que ficou dito no capítulo reservado ao espaço, ter-se-á, desde já, percebido que é possível definir com clareza um certo nível de acção: o da crónica de costumes. Englobando sobretudo os comportamentos das personagens figurantes, a representação de cenários sociais e a relação (e reacção, como veremos) da personagem central com esses mesmos cenários, o nível referido manifesta uma existência autónoma da história. O que quer dizer, por outras palavras, que os episódios abordados quando tratámos dos figurantes e dos ambientes se compreendem por si mesmos, constituindo assim um puro documentário social e independentemente de qualquer relação com a intriga.

Significa isto que a intriga constitui um corpo estranho no seio da acção social dos *Maias*? De modo nenhum. Vivida pelas personagens mais relevantes do romance, a intriga integra-se de forma extremamente harmoniosa (quase sempre por alternância de eventos) no desenrolar dos episódios de representação social. Só que, como a seguir se verá, este segundo nível de acção não depende do primeiro por força de uma qualquer relação causa-efeito.

Antes de o demonstrarmos, parece-nos importante precisar os dois conceitos nucleares que até agora temos utilizado: os de **acção** e **intriga.** Deste modo, por acção entende-se normalmente qualquer facto ou conjunto de factos cuja execução implica uma passagem mais ou menos extensa do tempo da história. Nesta ordem de ideias, o jantar do Hotel Central é uma acção que se desenrola no curto espaço de algumas horas, como o é igualmente o episódio das corridas; acções são, igualmente, os comportamentos de Dâmaso, os caprichos da condessa de Gouvarinho, a actividade literária e crítica de Ega, a existência diletante e ociosa de Carlos, acções estas variavelmente privilegiadas pela atenção do narrador que conta a história.

Assim, o nível da crónica de costumes constitui uma **acção aberta** porque nenhum dos episódios (e, dentro deles, nenhum acontecimento) impõe um desenlace inultrapassável. João Gaspar Simões viu bem esta questão, quando afirmou que «em "Os Maias" numerosas cenas poderiam ser omitidas sem que a verosimilhança da história fosse prejudicada»(1); e de facto assim é. Participando, quanto a este nível de acção social, do estatuto do [*roman fleuve*] ou romance-fresco, *Os Maias* ficariam empobrecidos com a exclusão de episódios como o sarau e o jantar do conde de Gouvarinho, mas os restantes episódios não seriam radicalmente afectados por isso.

Em contrapartida, sendo também uma forma de acção, a intriga é-o, todavia, de modo específico, já que se identifica com aquilo a que normalmente se chama **acção fechada**; com esta designação pretende-se fundamentalmente insistir em duas noções: a de que os eventos da intriga se sucedem por uma relação de causalidade (2) e a de que existe nela um acontecimento final, o **desenlace,** que inviabiliza a sua continuação. De acordo com esta ideia, pode considerar-se que a intriga dos *Maias* é constituída fundamentalmente pelos amores de Carlos e Maria Eduarda assim como pelo seu desfecho trágico, isto é, a descoberta do incesto e a morte de Afonso da Maia. Depois desta última, pode dizer-se que a intriga dos *Maias* se encontra praticamente concluída; o que não significa, no entanto, que com isso se encerre a acção, pois todo o capítulo XVIII constitui ainda um seu prolongamento, embora ocorrido dez anos mais tarde. E num outro plano, pode também dizer-se que esse capítulo final constitui, em relação à intriga, um *epílogo*, por nele se reflectirem as consequências (em termos familiares, existenciais, psicológicos, etc.) do incesto.

Falar na intriga como forma específica da acção não é, porém, suficiente, especialmente se tivermos em mente o caso particular dos *Maias*. Com efeito, verifica-se muitas vezes que a intriga de um romance é com-

---

(1) João Gaspar Simões, *Vida e obra de Eça de Queirós*, 2.ª ed., Lisboa, Bertrand, 1973, pp. 566-567.

(2) A relação de causalidade referida corresponde àquilo a que Forster chama «plot», por oposição ao que (com certa ambiguidade) designa como «story», em que não se verifica essa causalidade (Cf. *Aspects of the novel*, London, E. Arnold, 1947, pp. 116 ss.).

pletada e justificada por intrigas secundárias que vão desaguar na principal. Isso passa-se já no *Crime do padre Amaro,* por exemplo, com a subintriga do artigo publicado na «Voz do Distrito», a qual leva Amélia a romper com João Eduardo, ficando disponível para Amaro; e passa-se também nos *Maias* com os amores, casamento e separação de Pedro da Maia e Maria Monforte. Precedendo factual e cronologicamente as relações de Carlos com Maria Eduarda, as de Pedro e Maria cumprem, portanto, uma função de intriga secundária; e, mais do que isso, essas relações constituem até uma condição necessária para que se desencadeie a intriga principal.

3.2. Estrutura da intriga

A análise da estrutura da intriga principal dos *Maias* (a ligação incestuosa Carlos / M. Eduarda) assenta em dois pressupostos fundamentais. Em primeiro lugar, na noção de que ela é precedida por uma intriga secundária: a relação amorosa de Pedro da Maia com Maria Monforte, conduzindo ao suicídio daquele; em segundo lugar, na conveniência de se demarcarem momentos fulcrais que coincidem com os acontecimentos que fazem progredir a intriga até ao desenlace. Esses acontecimentos, encadeados, como se disse já, por uma relação de causalidade, correspondem àquilo a que em análise estrutural se chama **funções cardinais** ou **núcleos** ([3]). Com as funções cardinais alternam normalmente as chamadas **catálises**, isto é, acontecimentos de extensão variável que, não fazendo avançar a intriga, preenchem os seus momentos de pausa; é fácil de ver que, nos *Maias*, as catálises coincidem com os vastos episódios de representação social que encontrámos no capítulo dedicado ao espaço ([4]).

Dito isto, importa agora definir quais as funções cardinais que estru-

---

([3]) Cf. R. Barthes, «Introduction à l'analyse structurale des récits», in *Communications,* 8, Paris, 1966, p. 9.

([4]) Sobre o modo de execução da análise estrutural da narrativa a partir dos conceitos operatórios descritos, cf. o nosso *Técnicas de análise textual*, 3.ª ed., Coimbra, Liv. Almedina, 1981, pp. 311-322.

turam a intriga principal dos *Maias,* não esquecendo, entretanto, aquelas que, precedendo-a, constituem a intriga secundária:

Intriga secundária	F1	Pedro vê M. Monforte (p. 22)
	F2	Pedro namora M. Monforte (p. 26)
	F3	Pedro casa com M. Monforte (p. 30)
	F4	M. Monforte foge (p. 44)
	F5	Pedro suicida-se (p. 52)
Intriga principal	F1	Carlos vê M. Eduarda (p. 156)
	F2	Carlos visita Rosa (p. 257)
	F3	Carlos conhece M. Eduarda (p. 350)
	F4	Declaração de Carlos (p. 409)
	F5	Consumação do incesto (p. 438)
	F6	Encontro de M. Eduarda com Guimarães (p. 537)
	F7	Revelações de Guimarães a Ega (p. 615)
	F8	Revelações de Ega a Carlos (p. 640)
	F9	Revelações de Carlos a Afonso (p. 645)
	F10	Incesto consciente (p. 658)
	F11	Encontro de Carlos com Afonso (p. 667)
	F12	Morte de Afonso (p. 668)
	F13	Revelações a M. Eduarda (p. 683)
	F14	Partida de M. Eduarda (p. 687)

Um breve comentário tendo em conta a economia interna da intriga notará o seguinte: que a intriga secundária adquire peso como estrutura que logicamente precede a principal, sobretudo quando as revelações de Guimarães (p. 615) permitem apreender a remota conexão das acções de Pedro e Maria Monforte com o presente de Carlos e Maria Eduarda; que a intriga principal regista uma **preparação** relativamente rápida (em termos funcionais, não no que toca à extensão do relato), de F1 a F3; muito rápida também é a **consumação** (F4 e F5), de novo assim se sugerindo o que existe de irreversível na aproximação Carlos / M. Eduarda; finalmente, é o **acabamento** (de F6 a F14) que se revela a etapa mais prolongada de toda a intriga. E pode compreender-se porquê: é que é nessa etapa que explode a catástrofe que se abate sobre a família dos Maias, com as complexas consequências afectivas, morais e mesmo simbólico-ideológicas decorrentes dessa catástrofe; sendo uma zona da intriga em que se investem sentidos fundamentais do romance, essa fase de acabamento não poderia deixar de ser tão intensamente vivida como se nos apresenta. Assim se insinua desde já um foco de diferença em comparação com as intrigas tipicamente naturalistas: em princípio marcadas por uma preparação extensa e longamente fundada em factores hereditários, sociais, culturais, etc., tais intrigas resolviam-se depois num acabamento consideravelmente rápido.

Entretanto, com o estabelecimento dos momentos nucleares das intrigas não deve esquecer-se o que já antes se afirmou: que sobretudo a intriga principal desenrola-se de forma autónoma e em paralelo com a crónica de costumes, sem que esta condicione necessariamente os incidentes que estruturam aquela intriga. Mais: ao longo dos *Maias* vai-se observando uma espécie de inversão gradual do peso relativo dos dois níveis da acção. Por outras palavras, dir-se-á que à medida que a intriga do incesto vai avançando e ganhando projecção, vão-se reduzindo os episódios da crónica de costumes. De forma simplificada (e dando-se o desconto do esquematismo excessivo que assim se consegue), pode representar-se do seguinte modo a inversão a que nos referimos:

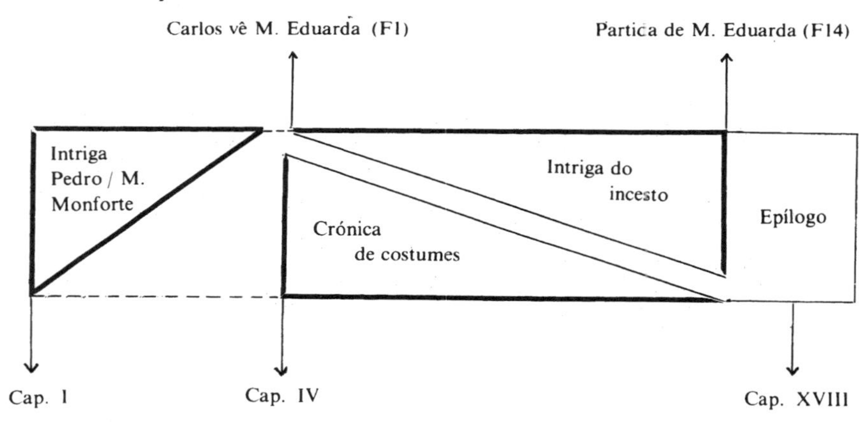

Justamente para se amenizar o esquematismo que assim se sugere, é preciso dizer que Carlos, como protagonista, desempenha uma função de articulação dos dois níveis da acção: é ele (juntamente com Ega) a personagem comum aos dois planos esboçados, participando de uma forma extremamente crítica nos episódios sociais, bem como, naturalmente, na intriga do incesto.

Mas tanto a estrutura da intriga do incesto como a sua posição relativamente à crónica de costumes só se compreendem de forma cabal se atentarmos nas específicas funções desempenhadas pelo restrito número de personagens que nessa intriga participam: Carlos da Maia, Maria Eduarda, João da Ega, Afonso da Maia e Guimarães.

A relação Carlos / Maria Eduarda é obviamente regida pelo princípio do desejo, do **querer** evidenciado desde o primeiro encontro entre ambos;

assim se configura uma tensão sujeito / objecto, de primordial importância para o processamento da intriga [5]. Mas a conexão sujeito / objecto não se concretiza aqui de forma linear; ela conta de certo modo com o apoio de Ega, exercendo a função de **comparsa** de Carlos, isto é, personagem que se move na órbita do protagonista, acompanhando os seus gestos e atitudes, apoiando-os, reforçando-os, servindo de confidente e consultor (cf., por exemplo, as pp. 515 ss. do romance), por vezes formulando até juízos críticos. Menos pacífica é a função que cabe a Afonso da Maia: a partir de certa altura, ele aparece como **anti-sujeito** [6], no sentido em que, tomando conhecimento do incesto (p. 644), não pode senão entrar em conflito com Carlos, fundado nas razões morais em que se sustenta a sua forma de estar na vida.

A propósito da função desempenhada por Afonso, há que observar o seguinte: ela só se manifesta tardiamente e *contra o incesto*, não contra a ligação amorosa propriamente dita. No que a esta diz respeito, reconhecer-se-á mesmo que, durante muito tempo, as relações de Carlos com Maria Eduarda não foram atingidas por qualquer obstáculo de monta; e isto se tivermos em conta, por outro lado, que a «competição» com Dâmaso e as revelações de Castro Gomes (pp. 480-482) são afinal breves acidentes de percurso, superados com relativa facilidade.

Curiosamente é possível até encontrar, ao longo do romance, certas passagens em que se insinua precisamente a noção exposta: a de que tudo se conjuga para facilitar os amores de Carlos com Maria Eduarda:

> Carlos, só, dentro do *coupé*, voltando à Baixa, sentia uma alegria triunfante com aquela partida da condessa, e a inesperada jornada do Dâmaso. Era como uma dispersão providencial de todos os importunos: e assim se fazia em torno da Rua de S. Francisco uma solidão — com todos os seus encantos, e todas as suas cumplicidades... (p. 364).

> Maria desejava essa noite tão ardentemente como ele. Uma tarde, ao escurecer, voltando de um fresco passeio pelos campos, experimentaram ambos essa dupla chave — que Carlos já prometia mandar dourar: e ele ficou surpreendido ao ver que o velho portão, que ouvira sempre ranger abominavelmente, rolava agora nos gonzos com um silêncio oleoso (p. 457).

---

[5] Cf. as seguintes afirmações: «L'Objet est le point d'aboutissement d'une tension ayant le Sujet pour source. Inversement le Sujet n'est tel que dans la mesure où il est orienté vers un Objet» (A. Hénault, *Narratologie. Sémiotique générale*, Paris, P.U.F., 1983, p. 48).

[6] Cf. A. J. Greimas e J. Courtés, *Sémiotique. Dictionnaire raisonné de la théorie du langage. II*, Paris, Hachette, 1986, pp. 13-16.

Um outro comentário que a estrutura da intriga dos *Maias* suscita tem que ver com a função nela desempenhada pela personagem Guimarães, figura um pouco estranha que, com um encontro casual e uma frase aparentemente inofensiva (7), precipita o desenlace da intriga; sendo assim, parece ser Guimarães quem, em última instância, rege os acontecimentos em direcção à catástrofe. Significa isto que a intriga não tivera, até então (ou seja, até à p. 537), qualquer força a impulsioná-la? De maneira nenhuma. O que acontece é que, neste caso, é possível explicar a dinâmica da intriga em função de uma entidade transcendente às personagens e representada por Guimarães, isto é, uma entidade de modo algum compreendida nos esquemas ideológicos do romance naturalista ortodoxo.

Nesse sentido, julgamos necessário formular certas considerações que levem a definir as relações da intriga dos *Maias* com o cânone naturalista. Deste modo, importa considerar a desvalorização da representatividade social das personagens incumbidas das funções descritas. Sobretudo Maria Eduarda, Afonso da Maia, João da Ega e Guimarães não se identificam com qualquer forma de comportamento, pensamento ou cultura, nem com uma situação socieconómica que faça deles personagens socialmente estereotipadas, à maneira de Gouvarinho, Palma «Cavalão» ou Alencar. E no caso de Guimarães esta característica é ainda mais importante: é que, sendo assim, o desfecho da intriga não depende (como nos romances naturalistas) de Guimarães esta característica é ainda mais importante: é que, sendo assim, o desfecho da intriga não depende (como nos romances naturalistas) de condicionamentos culturais, económicos ou educacionais, nem das imposições do meio ambiente; neste caso, o desenlace decorre apenas do aparecimento inusitado de uma figura bizarra que parece surgir só para revelar a verdade acerca dos laços familiares que unem Carlos e Maria Eduarda.

Até mesmo no caso de Carlos, verifica-se um certo esvaziamento do factor representatividade social, apesar de, como vimos em local adequado, poder ser definido, com certa precisão, o estatuto económico da personagem central; mas a verdade é que, não obstante os seus contactos com o meio social em que se insere, Carlos distancia-se

---

(7) Repare-se nos termos em que é descrito o aspecto de Guimarães: «Mas a tipóia estacou antes da calçada, rente ao passeio, em frente de uma loja de alfaiate. E nesse instante achava-se aí parado, calçando as suas luvas pretas, um velho alto, de longas barbas de apóstolo, todo vestido de luto. Ao ver Maria, que se inclinara à portinhola, o homem pareceu assombrado; depois, com uma leve cor na face larga e pálida, tirou gravemente o chapéu, um imenso chapéu de abas recurvas, à moda de 1830, carregado de crepe» (*Os Maias*, p. 537).

cultural e mentalmente desse meio — a exemplo, aliás, do que faz Afonso ainda em mais larga escala, se tivermos em conta o deliberado isolamento que o caracteriza ([8]). O que nos leva a pensar que, ao nível da intriga, a actuação de Carlos pode não ser inspirada por forças socioculturais materialmente corrigíveis, tal como acontecia com os comportamentos dos protagonistas do *Primo Bazilio* e do *Crime do padre Amaro;* com efeito, nestes romances, o desencadeamento da intriga dependia claramente de factores educacionais, culturais e temperamentais (Luiza e Amélia) e de imposições exteriores à vontade do interessado, assim como do contacto com determinados meios (Amaro).

Tudo isto pode traduzir-se noutros termos, se dissermos que as relações sentimentais Carlos/Maria Eduarda (ao contrário das relações Luiza/Bazilio e Amaro/Amélia) partem de uma situação de incompatibilidade parcial, que pode ser esquematizada do seguinte modo:

Personagens / Atributos	Carlos	Maria Eduarda
Qualidades físicas	+	+
Educação	+	—
Percurso biográfico	+	—
Meio familiar	—	—

Isto significa que dois factores fundamentais para a dinamização de uma intriga naturalista (a educação e o percurso biográfico e respectivo envolvimento socioeconómico) não aproximam, neste caso, as personagens que cumprem a relação sujeito/objecto. Com efeito, à educação inovadora, metódica e (ao que se pode saber) saudável de Carlos, corresponde em Maria Eduarda e segundo revelações da pró-

([8]) Repare-se que, desde cedo, Afonso se define como personagem isolada em relação àqueles que o rodeiam, tanto em termos políticos como no seu ambiente familiar, sobretudo no que respeita à orientação educativa a dar a seu filho (Cf. *Os Maias*, pp. 15-18). Igualmente significativo é o juízo de Craft a propósito da atmosfera que se respirava no Ramalhete, onde Afonso sistematicamente se refugia: «um recanto onde se podia conversar bem sentado, no meio de ideias e com boa educação» (p. 187).

pria (pp. 506-508) uma educação irregular e desordenada; do mesmo modo, se Carlos tem uma origem socioeconómica desafogada e destacada, Maria Eduarda vive uma existência de atribulações, dificuldades económicas e ligações sentimentais de circunstância.

Restam, pois, dois atributos comuns: as qualidades físicas, que aproximam ambas as personagens, pois ambas são dotadas de uma elegância invulgar no universo social lisboeta; o meio familiar que, tanto no caso de Carlos como no de Maria Eduarda, é marcado por irregularidades que, no entanto, afectam diversamente as personagens. Com efeito, se em Carlos essas irregularidades não chegam para perturbar a sua formação e inserção social, no caso de Maria Eduarda é, como se sabe, o contrário que se passa. Mas mais importante do que isto, é o facto de só muito tarde na intriga Carlos ter conhecimento dessas anomalias na vida de Maria Eduarda (pp. 506 ss.), pelo que este factor em nada contribui para gerar a aproximação de ambos.

Temos assim que, em princípio, apenas a beleza física constitui um elemento de compatibilidade entre sujeito e objecto. O que é pouco para provocar uma relação sentimental e uma intriga tão vigorosamente encadeada como a que se desenrola; razão pela qual haverá que descortinar uma força responsável pela irresistível atracção de Carlos por Maria Eduarda e, mais tarde, pelo desenlance. E tendo em conta o que há de irresistível e irreversível nessa atracção, bem como a dificuldade (ou mesmo impossibilidade) de se explicar a ocorrência do incesto numa óptica racional, torna-se necessário localizar essa força ao nível do transcendente.

3.3. Acção trágica

Nas páginas que dedicou à interpretação dos *Maias* (das mais argutas até hoje produzidas pela crítica queirosiana) Alberto Machado da Rosa chamou a atenção para uma das dimensões fundamentais deste romance: a que confere à intriga uma feição de acção trágica ([9]). Com efeito assim é, sobretudo se tivermos em conta quatro facetas dessa acção estreitamente relacionadas entre si: as características temáticas da intriga, o papel do destino como sua força motriz, a função dos presságios e o próprio desenrolar da fábula trágica.

O significado da temática do incesto (que domina, como se sabe, todo o desencadear da intriga) é fácil de perceber: o incesto era já o tema fulcral de uma tragédia como o *Rei Édipo*, de Sófocles; do mesmo modo, o incesto, pelo seu carácter de ocorrência excepcional (sobretudo nas circunstâncias em que tem lugar nos *Maias*), está desde logo talhado para servir uma acção que reúna dois requisitos importantes no contexto da estética da tragédia: a impossibilidade de solução pacífica do conflito instaurado e o facto de atingir, com o seu impacto destruidor, seres dotados de condição superior e acariciados pela felicidade. Uma felicidade aparentemente invejada pelos deuses que, na sombra, preparam malevolamente a destruição dos homens porque estes, justamente por meio da ventura, ousaram aspirar a uma existência (quase) divina.

A destruição referida consuma-se por meio de um agente tão eficaz como dissimulado: o destino. Corporizado na função de mensageiro interpretada por Guimarães no momento das revelações fatídicas (pp. 615 ss.), o destino é, afinal, essa força motora que comanda os eventos conducentes à catástrofe final. Um destino subtilmente representado em ocorrências por vezes aparentemente inócuas, mas afinal carregadas de força trágica. É, com efeito, o destino que se insinua subtilmente, quando Maria Monforte escolhe para seu filho o nome de Carlos Eduardo: porque «um tal nome parecia-lhe conter todo um destino de amores e façanhas» (p. 38). Ora, é fácil de perceber a feição preminotória desta escolha; para além de aludir directamente ao destino, tal escolha incide ainda sobre um nome marcado pelo estigma da extinção de uma família: o nome de Carlos Eduardo Stuart, o último dos Stuarts.

É também ao destino que João da Ega se refere, quando afirma que Carlos e a mulher que há-de ser a sua estão «ambos insensivelmente, irresistivelmente, fatalmente, marchando um para o outro!...» (p. 162). Nos advérbios utilizados, mas sobretudo em «fatalmente», está contida a força invencível do destino, ou (por uma questão de coerência etimológica) do *fatum*. É ainda João da Ega quem, de modo bem mais sério

---

(9) Cf. A. Machado da Rosa, *Eça, discípulo de Machado?*, Lisboa, Presença, s/d., pp. 360 ss.

e algo sombrio, medita acerca da dimensão do amor de Carlos, num momento em que a intriga está irresistivelmente desencadeada:

> Ega escutava-o, sem uma palavra, enterrado no fundo do sofá. Supusera um romancezinho, desses que nascem e morrem entre um beijo e um bocejo: e agora, só pelo modo como Carlos falava daquele grande amor, ele sentia-o profundo, absorvente, eterno, e para bem ou para mal tornando-se daí por daí por diante, e para sempre, o seu irreparável destino (p. 417).

Também Carlos não deixa de aludir, de modo episódico e certamente também inconsciente, a uma força transcendente que dirige a sua atracção por Maria Eduarda: quer quando vislumbra na semelhança dos dois nomes «a concordância dos seus destinos» (p. 346), quer quando justifica o passado de Maria Eduarda por força de «motivos complicados, fatais» que a tinham apanhado «dentro de uma implacável rede de fatalidades» (p. 516) — e aqui novamente importa realçar a relação dos vocábulos «fatais» e «fatalidade» com o étimo *fatum,* isto é, destino —, Carlos está, afinal, a explicar a intriga em função dessa entidade tão incontrolável como subtil.

Mas é sobretudo numa referência a Afonso da Maia, ao Afonso da Maia atingido pelas revelações de Carlos, quando o desenlace está já muito próximo, que se percebe com clareza a profundidade temporal e as consequências trágicas da acção do destino:

> Mas o velho pôs o dedo nos lábios, indicou Carlos dentro, que podia ouvir... E afastou-se, todo dobrado sobre a bengala, vencido enfim por aquele implacável destino que, depois de o ter ferido na idade da força com a desgraça do filho — o esmagava ao fim da velhice com a desgraça do neto (p. 646).

Se as referências mais ou menos explícitas à força do destino são significativas por configurarem a atmosfera trágica que envolve a intriga, não o são menos os **presságios.** Constituídos por todo o tipo de afirmação ou acontecimento susceptíveis de fazer prever uma fatalidade inevitável, os presságios correspondem afinal àquilo a que, em análise estrutural da narrativa, se chama **indício:** unidades narrativas que, manifestando-se num nível distinto do das funções cardinais e das catálises, nele acabam por se projectar quando os factos prenunciados se concretizam (10).

Em função do exposto, não se estranhará que os diversos presságios que é possível detectar nos *Maias* (alguns dos quais foram já evidenciados por Machado da Rosa) só o sejam na medida em que cumpram dois requisitos fundamentais: em primeiro lugar, o facto de representarem afloramentos variavelmente disfarçados da força do destino; em segundo lugar, a circunstância de apontarem subtilmente para um desfecho em que a morte e a angústia se dão as mãos. E não se estranhará igualmente que esses presságios revistam aparências diversas, dificultando (ou impossibilitando) o seu reconhecimento por personagens incautas e definitivamente à mercê do poder irrefreável do destino.

É assim que encontramos, desde os primórdios da intriga principal, uma descrição carregada de notações premonitórias, quando Afonso da Maia vê Maria Monforte pela primeira vez:

> Maria, abrigada sob uma sombrinha escarlate, trazia um vestido cor-de-rosa cuja roda, toda em folhos, quase cobria os joelhos de Pedro, sentado ao seu lado: as fitas do seu chapéu, apertadas num grande laço que lhe enchia o peito, eram também cor-de-rosa: e a sua face, grave e pura como um mármore grego, aparecia realmente adorável, iluminada pelos olhos de um azul sombrio, entre aqueles tons rosados. (...)
>
> Afonso (...) olhava cabisbaixo aquela sombrinha escarlate que agora se inclinava sobre Pedro, quase o escondia, parecia envolvê-lo todo — como uma larga mancha de sangue alastrando a caleche sob o verde triste das ramas (pp. 29-30).

Se a face de Maria Monforte, comparada com um «mármore grego», remete, por isso mesmo, ao universo cultural da Antiguidade em que a tragédia tem, mais do que nunca, a sua razão de existência, outros pormenores não são menos significativos. Assim, o sombrio dos olhos azuis da personagem parece sugerir já o luto e a desolação que o seu comportamento acarretará à família dos Maias; mas é sobretudo à sombrinha escarlate (que na visão já temerosa de Afonso parece envolver

---

(10) Cf. R. Barthes, «Introduction à l'analyse structurale des récits», in *Communications*, 8, p. 11.

Pedro «como uma larga mancha de sangue alastrando a caleche sob o verde triste das ramas») que atribuimos a mais evidente função de agouro: o escarlate da sombrinha é já, antecipadamente, a cor da «poça de sangue que se ensopava no tapete» (p. 52), na noite do suicídio de Pedro; mas o sangue que Afonso julga ver é também o da consaguinidade incestuosa que há-de unir Carlos e Maria Eduarda.

Mas os presságios enunciam-se, por vezes, de forma bastante mais clara. Assim acontece com Vilaça, já no tempo de Carlos da Maia, quando tenta demover Afonso de vir instalar-se no casarão de Lisboa; nesse sentido e entre outros argumentos, Vilaça «aludia (...) a uma lenda, segundo a qual eram sempre fatais aos Maias as paredes do Ramalhete» (p. 7). Significativamente este presságio em que Afonso não acredita acaba por se cumprir, como reconhece o mesmo Vilaça depois do desenlace trágico:

> — Há três anos, quando o sr. Afonso da Maia me encomendou aqui as primeiras obras, lembrei-lhe eu que, segundo uma antiga lenda, eram sempre fatais aos Maias as paredes do Ramalhete. O sr. Afonso da Maia riu de agouros e lendas... Pois fatais foram! (p. 681).

Com toda a clareza também, embora com a irreflexão que o caracteriza, João da Ega avisa Carlos de que a sua volubilidade sentimental arrastará consequências trágicas: «hás-de vir a acabar (...) numa tragédia infernal» (p. 152). É claro que Carlos não acredita em presságios, de certo modo tocado por essa dose de inconsciência que por vezes caracteriza o herói trágico; e continua a não ver como presságios funestos outros avisos que o acaso da sua existência algo dispersa lhe vai apresentando: assim é com o aviso da «vasta ministra da Baviera — méfiez-vous» (p. 336), quando verifica a sorte excessiva de Carlos (essa sobrecarga de ventura que os Deuses invejam) nas apostas das corridas; assim é com a sombria afirmação de Craft (noutro momento em que Carlos surge marcado pela felicidade), segundo o qual o que sucede «ordinariamente é mau» (p. 344); assim é também, quando a personagem central não é capaz de conferir aos três lírios brancos que, em casa de Maria Eduarda, murchavam dentro de um vaso do Japão (cf. p. 347) um significado simbólico de feição agoirenta: o murchar dos lírios (símbolo de pureza) indicia talvez o destroçar de uma família (de que restavam exactamente três elementos) cuja estabilidade moral começa a estar em causa sobretudo a partir desse momento, quando vão iniciar-se relações directas entre Carlos e Maria Eduarda.

Como presságios funestos (igualmente não entendidos assim pelas personagens) podem, do mesmo modo, ser encarados determinados traços de afinidade que aproximam excessivamente os dois protagonistas: é a semelhança de nomes («Maria Eduarda, Carlos Eduardo... Havia uma similitude nos seus nomes. Quem sabe se não pressagiava a concordância dos seus destinos!» p. 346), pretexto para a ironia trágica segundo a qual Carlos entende tal semelhança como indício de felicidade; são ainda outras afinidades: a temperamental, que aproxima Maria Eduarda daquele que é efectivamente seu avô («E nestas piedades (Carlos) achava-lhe semelhanças com o avô»; p. 368); a fisionómica, quando Maria Eduarda acha Carlos parecido com aquela que foi sua mãe (e afinal também a do seu ainda desconhecido irmão):

> — Sabes tu com quem te pareces às vezes?... É extraordinário, mas é verdade. Pareces-te com minha mãe!
>
> Carlos riu, encantado de uma parecença que os aproximava mais, e que o lisonjeava.
>
> — Tens razão — disse ela — que a mamã era formosa... Pois é verdade, há um não sei quê na testa, no nariz... Mas sobretudo certos jeitos, uma maneira de sorrir... Outra maneira que tu tens de ficar assim um pouco vago, esquecido... Tenho pensado nisto muitas vezes... (p. 471).

Os presságios ganham, todavia, um impacto considerável, especialmente nos momentos em que se prepara ou consuma o incesto. Assim acontece nessa espantosa e exuberante descrição da alcova em que decorrerão os amores de Carlos e Maria Eduarda:

> Era uma alcova recebendo a claridade de uma sala forrada de tapeçarias, onde desmaiavam, na trama de lã, os amores de Vénus e Marte: da porta de comunicação, arredondada em arco de capela, pendia uma pesada lâmpada da Renascença, de ferro forjado: e, àquela hora, batida por uma larga faixa de sol, a alcova resplandecia como o interior de um tabernáculo profanado, convertido em retiro lascivo de serralho... Era toda forrada, paredes e tecto, de um brocado amarelo, cor de botão-de-oiro: um tapete de veludo, do mesmo tom rico, fazia um pavimento de oiro vivo sobre que poderiam correr nus os pés ardentes de uma deusa amorosa — e o leito de dossel, alçado sobre um estrado, coberto com uma colcha de cetim amarelo, bordada a flores de oiro, envolto em solenes cortinas também amarelas de velho brocatel, enchia a alcova, esplêndido e severo, e como erguido para as voluptuosidades grandiosas de uma paixão trágica do tempo de Lucrécia ou de Romeu (pp. 433-434).

Além da referência explícita à paixão trágica que ali há-de desenrolar-se, outros pormenores plásticos se nos deparam, imbuídos de sentido premonitório. São as alusões a Vénus e Marte (que subentendem, desde logo, uma ligação irregular pois com esses amores a Vénus da mitologia pagã quebra a fidelidade que deve a Vulcano) e aos «pés ardentes de uma deusa amorosa», alusões essas que novamente evocam o clima cultural e artístico da Antiguidade Clássica — recuperado, aliás, pela Renascença, também citada na descrição — e a natural vinculação da atmosfera trágica a esse clima; é o facto de esses amores divinos serem referidos como desmaiando, tal como se desvanecerão obrigatoriamente os de Carlos e Maria Eduarda, envoltos não «na trama de lã», mas na trama (isto é, ardil) que o destino prepara; é a comparação da porta de comunicação com um arco de capela e da alcova com «o interior de um tabernáculo profanado», subtil prenúncio da colisão violenta da situação incestuosa com valores e normas morais de inspiração sagrada. Mas não acaba aqui o cunho pressagioso da descrição:

> Mas Maria Eduarda não gostou destes amarelos excessivos. Depois impressionou-se, ao reparar num painel antigo, defumado, ressaltando em negro do fundo de todo aquele oiro — onde apenas se distinguia uma cabeça degolada, lívida, gelada no seu sangue, dentro de um prato de cobre. E para maior excentricidade, a um canto, de cima de uma coluna de carvalho, uma enorme coruja empalhada fixava no leito de amor, com um ar de meditação sinistra, os seus dois olhos redondos e agoirentos... Maria Eduarda achava impossível ter ali sonhos suaves (p. 434).

Como se vê, no espírito de Maria Eduarda parece fazer-se uma ténue luz que ilumina o carácter funesto dos elementos descritos: a cabeça degolada e o sangue gelado, sugerindo, por um lado, o poder destruidor da catástrofe (quando Afonso da Maia aparece morto, desponta também «um fio de sangue aos cantos da longa barba de neve»; p. 669) e, por outro lado, novamente o sangue da consanguinidade incestuosa; os olhos da coruja, ave de conotações míticas reenviando à escuridão da noite, à tristeza da morte e a todo o seu envolvimento fúnebre.

Sintomaticamente, «Carlos agarrou logo na coluna e no mocho, atirou-os para um canto do corredor; e propôs-lhe mudar aqueles brocados, forrar a alcova de um cetim cor-de-rosa e risonho»; é que, na sua ingenuidade e incapacidade de decifrar os presságios que se lhe deparam, o protagonista da acção trágica está afinal a colaborar com a força do destino, apressando indirectamente a sua própria destruição. Destruição quase vislumbrada por Maria Eduarda, quando, na primeira noite passada com Carlos na alcova fatídica, os seus olhos se perdem na escuridão — «como recebendo dela o presságio de um futuro onde tudo seria confuso e escuro também» (p. 458).

O futuro que Maria Eduarda teme faz-se presente. Isso acontece, quando todos os presságios disseminados ao longo da acção se transformam em realidade, por força do acelerar da intriga. E até mesmo a evolução final desta não pode desvincular-se da lição evidente da estética trágica.

Com efeito, se tivermos em conta o habitual processo de desencadeamento da fábula trágica, verificaremos que a intriga dos *Maias* obedece, sobretudo a partir de certa altura, a um desenrolar praticamente ortodoxo. Já na *Poética,* Aristóteles fixara como partes essenciais da acção trágica a **peripécia,** o **reconhecimento** e a **catástrofe**; e particularizava, afirmando ser a **peripécia** «a súbita mutação dos sucessos, no contrário» (11). Ora, como peripécia entende-se sobretudo uma das funções cardinais detectadas na intriga dos *Maias:* as casuais revelações de Guimarães a Ega (F 7), preparadas pelo encontro de Maria Eduarda com Guimarães (F 6). Mas a função de peripécia que cabe aos eventos citados só se cumpre com inteira pureza por virtude de uma característica fundamental: é que ambos correspondem a acções aparentemente devidas ao acaso. Assim é com o episódico encontro de Guimarães com Maria Eduarda, o mesmo acontecendo com o pedido para que Ega entregue um cofre de papéis «ao Carlos da Maia, ou à irmã» (p. 615). Sem aquela disjuntiva (perfeitamente evitável) a catástrofe não estalaria; mas nessa disjuntiva aparentemente inócua, está afinal concentrada a força de um destino que hábil e malevolamente insiste em impôr os seus desígnios às personagens.

Com as revelações de Guimarães a João da Ega (e também com as deste a Carlos, que as estende ao avô) depara-se-nos o segundo momento fundamental da fábula trágica: o **reconhecimento,** ou seja, «a passagem do ignorar ao conhecer, que se faz para amizade ou inimi-

---

(11) *Poética,* 1452a, Lisboa, Guimarães Editores, 1964 (trad. de Eudoro de Sousa), p. 119.

zade das personagens que estão destinadas à dita ou à desdita» (12). Neste caso, é a desdita que sobrevém, correspondendo à terceira etapa da acção trágica, a **catástrofe** que «é uma acção perniciosa e dolorosa, como o são as mortes em cena, as dores veementes, os ferimentos e mais casos semelhantes» (13). E na intriga dos *Maias,* a catástrofe ocorre da forma mais violenta, se tivermos em conta a tensão que marca o último encontro de Carlos com o avô (F 11) e sobretudo a morte deste (F 12) e a irreversível separação dos dois amantes, definitivamente consumada com a partida de Maria Eduarda (F 14).

Deste modo (e para, por agora, concluirmos), temática do incesto e vigência do destino, presságios e evolução da acção mais não constituem do que partes correlatas de um todo: a dimensão eminentemente trágica da intriga dos *Maias.* Dimensão extremamente importante, no contexto de um romance cujo lastro ideológico aponta, com uma coerência inegável, para valores distantes das normas do romance naturalista de informação positivista.

---

(12) Aristóteles, *op. cit.,* p. 120. Como se verifica, o reconhecimento coincide em parte, com a peripécia, de acordo, aliás, com o previsto por Aristóteles, para quem «a mais bela de todas as formas de reconhecimento é a que se dá juntamente com a peripécia» *(loc. cit.).*

(13) Aristóteles, *op. cit.,* 1452b, p. 121.

3.4. Síntese

- Acção
  - Níveis
    - Crónica de costumes (cf. espaço social) → acção aberta
    - Intriga → acção fechada
      - Intriga principal
      - Intriga secundária
  - Estrutura da intriga
    - Intriga secundária (funções cardinais: pp. 22, 26, 30, 44, 52)
    - Intriga principal
      - Funções cardinais: pp. 156, 257, 350, 409, 438, 537, 615, 640, 645, 658, 667, 668, 683, 687.
      - Personagens
        - Carlos da Maia
        - Maria Eduarda
        - Afonso da Maia
        - João da Ega
        - Guimarães
      - Etapas
        - Preparação (pp. 156-350)
        - Consumação (pp. 409-438)
        - Acabamento (pp. 537-687)
  - Acção trágica
    - Temática do incesto
    - Destino (pp. 38, 152, 346, 417, 516, 646)
    - Presságios (pp. 7, 29-30, 152, 336, 344, 346, 347, 368, 433-434, 458, 471)
    - Fábula trágica
      - Peripécia (pp. 537 e 615)
      - Reconhecimento (pp. 615, 640, 645 e 683)
      - Catástrofe (pp. 667, 668 e 687)

4. PONTO DE VISTA

A problemática do **ponto de vista** da narrativa marca, como questão crucial que é no âmbito da ficção romanesca, as obras mais representativas de Eça de Queirós. Noutro local e com intuitos diversos, tivemos já oportunidade de evidenciar o processo evolutivo que caracteriza, neste domínio, o romance queirosiano: do *Primo Bazilio* e do *Crime do padre Amaro* às obras finais, distanciadas do Naturalismo, processa-se um tratamento diferenciado deste recurso técnico-narrativo, de acordo, aliás, com os distintos vectores ideológicos assumidos (1).

Ora *Os Maias* constituem um marco fundamental no processo evolutivo referido. E isto não só em termos cronológicos, dada a posição intermédia ocupada pelo romance no conjunto da produção literária queirosiana; com efeito, também no que respeita às suas características técnico-formais, *Os Maias* situam-se num momento de ruptura já aqui assinalado: o da crise do Naturalismo e consequente abertura a novas sendas de criação narrativa.

Justamente em função do que ficou dito, impõe-se-nos aqui responder a duas questões fundamentais. A primeira consiste em saber de que modo se encontra elaborado, nos *Maias,* o ponto de vista que comanda o discurso narrativo; a segunda (dependente da anterior) procurará descortinar as consequências de diversa ordem arrastadas por essa elaboração. Só a partir destes elementos estaremos em condições de, no capítulo final, explorar devidamente os significados ideológicos mais proeminentes que a obra encerra.

---

(1) Cf. *Estatuto e perspectivas do narrador na ficção de Eça de Queirós,* Coimbra, Liv. Almedina, 1975.

4.1. Modos de representação

O **ponto de vista** ou **perspectiva narrativa** corresponde à adopção, por parte do narrador, de uma determinada posição para contar a história. Deste modo, e de acordo com três opções fundamentais que a seguir descreveremos, da perspectiva narrativa privilegiada depende a própria configuração da história, tanto no que respeita às personagens como no que se refere à acção e ao espaço. Mas a posição em que se coloca o narrador para representar a diegese não a afecta só em termos de **quantidade,** isto é, não tem que ver só com a maior ou menor dose de informação facultada; com efeito, o conceito de ponto de vista implica sobretudo uma certa **qualidade** de informação.

Isto significa que adoptar uma determinada perspectiva em detrimento de outra não corresponde apenas a respeitar uma certa **visão,** num sentido meramente sensorial. Mais do que isso, o conceito de ponto de vista da narrativa implica que o narrador respeite escrupulosamente a capacidade de alcance de uma certa consciência: aquela por onde passam os acontecimentos narrados. O que equivale a dizer que perspectivar a diegese de certa maneira não é só **ver** essa diegese por certos olhos; é, sobretudo, tomar em relação a ela uma posição afectiva e ideológica determinada. Pelo que facilmente se compreende que, de acordo com essa posição, constituir-se-á uma imagem particular da história, configurada pela subjectividade da entidade por cuja consciência essa história é perspectivada.

Tendo adquirido um relevo particular com a prática literária interpretada no final do século XIX e princípio do século XX por Henry James, a problemática do ponto de vista foi, a partir de então, privilegiada pelos teorizadores da narrativa. De Percy Lubbock (que justamente a Henry James e também a Flaubert dedicou especial atenção) a Jean-Paul Sartre, de Jean Pouillon, Georges Blin e Franz Stanzel a nomes mais recentes, tais como os de Todorov e Genette (2), a questão da perspectivação narrativa foi ganhando progressiva consistência

---

(2) No ensaio que dedicámos à perspectiva narrativa dos romances de Eça, comentámos as posições teóricas em que se colocam os autores citados (cf. *op. cit.*, pp. 36-68).

teórica; e como consequência desse facto, transformou-se em instrumento operatório de inegável eficácia para atingir significados fundamentais encerrados no universo da ficação.

Deste modo e sobretudo na sequência das mais recentes reflexões sobre esta matéria, foi possível sintetizar teoricamente a utilização da perspectiva narrativa de acordo com três opções fundamentais: o narrador pode colocar-se, em relação à história, numa posição de transcendência, dispondo de todas as informações que julgue necessárias para cabalmente representar o universo diegético; deste modo, recorrendo àquilo que designaremos como **focalização omnisciente** (3), o narrador converter-se-á em demiurgo apto a caracterizar exaustivamente as personagens e os espaços e a explicitar as motivações mais remotas da acção romanesca.

Privilegiando a **focalização interna,** o narrador conta a história de acordo com a capacidade de conhecimento de uma personagem integrada na diegese: é, portanto, **com** e **como** a personagem que o narrador vê, sente e julga os eventos integrados no universo da ficção; o que, por outras palavras, significa que as leis da subjectividade da personagem, assim como as suas limitações e disponibilidades de acesso aos elementos fundamentais da diegese condicionam a imagem que desta última é constituída.

Finalmente, o narrador pode optar pela **focalização externa,** ou seja, pela simples referência aos aspectos exteriores da história contada; assim se estabelece um tipo de representação dominada por uma atitude narrativa empenhada especialmente na superficialidade e nos componentes materiais da diegese, ainda que se possa partir dessa superficialidade para um mais profundo conhecimento (de inspiração behaviourista) das personagens implicadas na acção, quando do seu comportamento exterior se deduzam motivações psicológicas recônditas.

Ora o interesse mais evidente da análise dos pontos de vista que nos *Maias* dominam a narrativa depreende-se da possibilidade de relacionar este recurso técnico-narrativo com o travejamento temático e

---

(3) Embora adoptemos, de um modo geral, as sugestões teóricas de Genette acerca da problemática da perspectiva narrativa (cf. *Figures III,* Paris, Seuil, 1972, pp. 203 ss.) preferimos a designação **focalização omnisciente** por nos parecer que a que por aquele estudioso é proposta (**focalização zero** ou narrativa **não focalizada**) carece de rigor.

ideológico da obra. Deixando para o capítulo final considerações mais desenvolvidas, não queremos deixar de, desde já, introduzir alguns dados prévios acerca desta matéria.

Deste modo, uma visão de conjunto lançada sobre o romance realista e naturalista, no século XIX, mostra claramente que as intenções programáticas responsáveis por este tipo de narrativa e os fundamentos sociológicos que lhe subjazem aconselham uma utilização preferencial de uma perspectiva omnisciente: de Balzac a Zola, passando pelo Eça do *Primo Bazilio* e do *Crime do padre Amaro,* é quase sempre a partir de uma óptica de transcendência que a história é contada e que as personagens são minuciosamente dissecadas.

Mas já nesta fase manifestam-se sinais evidentes de ruptura e inovação; com Stendhal e com Flaubert e, entre nós, já com o Eça do *Crime do padre Amaro,* começa a revelar-se um certo privilégio do ponto de vista de personagens inseridas na diegese ([4]). Inovações que não são mais do que prenúncios da extraordinária importância de que se revestirá, no romance post-naturalista, o labor da consciência de personagens auto-analisando-se e analisando o mundo de acordo com directrizes inspiradas em estados de alma por vezes caóticos e conturbados.

Por sua vez, a utilização da **focalização externa** surge determinada, de modo particular, por uma intenção nem sempre totalmente conseguida, de facultar uma aproximação objectiva da realidade, como acontece, por vezes, no chamado realismo americano, com romancistas como, por exemplo, John Steinbeck; noutras circunstâncias, são especialmente imperativos ideológicos (relacionados, aliás, com a tendência agora mesmo referida) que sugerem, no contexto do neo-realismo, uma representação atenta à exterioridade, quer seja a da aridez do nordeste brasileiro (em *Vidas secas,* de Graciliano Ramos e em *O Quinze,* de Rachel de Queiroz), quer seja a da atmosfera inóspita de espaços rurais alentejanos, ribatejanos ou gandareses, como em certos casos acontece com os neo-realistas portugueses. Mas em todos os exemplos citados, é possível (e até necessário) passar além da superficialidade e descortinar os mecanismos socioeconómicos que condicionam os cenários em causa.

([4]) É o que fica provado respectivamente com ensaios de Georges Blin, (*Stendhal et les problèmes du roman,* Paris, José Corti, 1953), Jean Rousset (*Forme et signification,* Paris, José Corti, 1962) e com o nosso *Estatuto e perspectivas do narrador na ficção de Eça de Queirós,* ed. cit..

Ora a questão que se nos apresenta, em relação aos *Maias*, é a de saber como se define a utilização da perspectiva narrativa e que consequências (de diversa ordem) se deduzem dessa utilização, não perdendo de vista todo o movimento evolutivo que acabamos de evocar.

4.2. Focalização omnisciente

Uma leitura mesmo superficial dos *Maias* verifica, sem dificuldade, que, das três opções acima descritas, apenas duas se encontram neste romance representadas de modo significativo: a focalização omnisciente e a interna. E das duas referidas é a segunda que disfruta, como adiante se verá, de preponderância considerável.

Mas isto não significa que a focalização omnisciente surja, nos *Maias*, como recurso narrativo irregular; antes pelo contrário: se relacionarmos a sua utilização com a problemática do tempo, noutro capítulo abordada, concluiremos que, quando tem lugar a focalização omnisciente, ela se processa de forma quase sempre prolongada.

Com efeito, os capítulos iniciais dos *Maias*, marcados por uma vasta retrospectiva que remonta à juventude de Afonso da Maia, são dominados pela focalização omnisciente. Já antes dessa retrospectiva, porém, o narrador assumira uma atitude de transcendência para descrever, com todos os pormenores, a renovação do Ramalhete (pp. 8-11) operada sob as ordens de Carlos; o que constituira, afinal, praticamente um pretexto para sugerir, de modo indirecto, algumas das características da personagem central: o bom gosto, a atracção por ambientes sobriamente luxuosos e os hábitos culturais sofisticados, mas progressivamente contaminados pelo diletantismo.

Todavia, é quando se trata de narrar os antecedentes de Afonso da Maia (que são também os de Carlos) que a focalização omnisciente ganha um fôlego e uma profundidade considerável, recorrendo então o narrador às prerrogativas concedidas pela posição de demiúrgica superioridade em que se situa; a juventude e os exílios de Afonso (pp. 13-17), a educação, o Romantismo e as paixões de Pedro (pp. 17 ss.), a formação de Carlos em Coimbra (pp. 87-95), são então referidos em sintonia com o estatuto de privilégio conferido pela omnisciência: é ao abrigo desse estatuto que se compreende o ritmo relativamente acelerado adoptado pelo narrador, de acordo com o qual são seleccionados os eventos mais directamente projectados no presente da história vivido por Carlos e Afonso, em Lisboa e a partir de 1875.

Note-se, entretanto, que, reclamando-se embora do direito da escolha dos acontecimentos revelados, o narrador comete uma infracção (que julgamos necessária) relativamente ao estatuto de omnisciência privilegiado. Consiste essa infracção em limitar a capacidade de conhecimento assumida, ignorando-se factos naturalmente tão importantes como a fuga de Maria Monforte e o seu agitado percurso biográfico. Pensamos, no entanto, existirem duas razões de peso que justificam a concretização desta **paralipse** (5): em primeiro lugar, é aos representantes genuínos da família dos Maias (Afonso, Pedro e especialmente Carlos) que cabe projectarem a sua existência sobre o pano de fundo sociocultural do Portugal oitocentista; em segundo lugar, há que reconhecer que a revelação (neste caso prematura) do destino de Maria Monforte impediria o destinatário do discurso de, condicionado como será, a partir do capítulo IV, pelo ponto de vista da personagem central, ser atingido também pela surpresa trágica do incesto, já que ficaria previamente sabendo qual a origem dessa desconhecida Madame Castro Gomes (aliás, Maria Eduarda da Maia...) que em Lisboa aparece a Carlos.

Integrada nos capítulos iniciais, em que, à excepção do terceiro, predomina a omnisciência do narrador, encontra-se preenchida uma função particularmente importante da focalização omnisciente: a caracterização de personagens fundamentais para o desenrolar da intriga. Como observámos já (6), quando essa caracterização se debruça sobre Pedro da Maia (pp. 18 ss.) ela visa especialmente denunciar os factores que conduzirão mais tarde à destruição da personagem. Ora o que é curioso verificar é que, neste caso, esta focalização coincide com a evocação de elementos (educação, temperamento, hereditariedade e meio sociocultural) de vinculação naturalista; e se nos lembrarmos de que a perspectiva omnisciente é a mais adequada, pelo seu rigor e profundidade, a uma representação tendencialmente exaustiva e científica da diegese, facilmente se concluirá que, neste caso, existe

---

(5) GENETTE, *Figures III*, p. 211.

(6) Cf. *supra*, pp. 33-35.

uma coerência notável entre o recurso técnico-narrativo utilizado e os elementos temático-ideológicos que suscitam o seu emprego. O que novamente vem confirmar a presença ainda visível, se bem que já em vias de dissolução, da doutrina naturalista nos *Maias*.

Com Afonso da Maia (p. 12) e com João da Ega (pp. 92-93), o narrador começa a distanciar-se da caracterização tipicamente naturalista; com efeito, já não se manifestam, do modo exuberante que encontrámos em relação a Pedro, os intuitos de evidenciar elementos de inspiração naturalista e determinista. Mas, ainda assim, mantém-se uma óptica de omnisciência, ao contrário do que acontecerá com a personagem central, caracterizada, como já sabemos ([7]), de modo indirecto, e com Maria Eduarda, dependente por completo do ponto de vista de Carlos.

Esta progressiva desvalorização da focalização omnisciente como modo de delinear as características físicas e psicológicas confirma-se praticamente por completo no que respeita aos componentes do cenário social dos *Maias;* mas isso não impede que a dois desses elementos a omnisciência do narrador dedique uma certa atenção, por razões aliás justificadas: referimo-nos a Eusebiozinho e Dâmaso Salcede.

Com efeito, as características psico-somáticas do primeiro (pp. 68-69) são evocadas por meio de uma focalização omnisciente em que (ainda numa óptica de conotações naturalistas) se denunciam os embriões da decadência que hão-de frutificar no comportamento adulto da personagem. E esta focalização omnisciente é tanto mais importante e indispensável para o narrador, quanto é certo ser processada numa momentânea interrupção da focalização interna de Vilaça, como adiante veremos. Do mesmo modo, Dâmaso Salcede merece também a atenção e a minúcia da omnisciência (pp. 188-189 e 191-192); e acontece assim especialmente porque com ele estamos com aquilo a que anteriormente chamámos uma alegoria de vícios ([8]), isto é, com uma tão variada gama de defeitos sociais e morais, que o narrador transcende as limitações de conhecimento da focalização interna de Carlos (já então frequentemente em vigor) e faculta um retrato mais pormenorizado do entusiasta do «chique a valer».

([7]) Cf. *supra*, pp. 37-38.
([8]) Cf. *supra*, p. 63.

Repare-se, entretanto, que, à excepção da caracterização de Dâmaso, todas as restantes utilizações da focalização omnisciente se processam no contexto da vasta retrospectiva que ocupa os quatro capítulos iniciais. E este facto parece inculcar uma certa correspondência entre a fase inicial do romance, de recuperação laboriosa do passado, e a focalização omnisciente, assim como, a partir do capítulo IV, reinstaurado o presente da história, se assume sobretudo a focalização interna. O que não quer dizer, entretanto, que não haja excepções importantes a este sistema de correlações.

Uma dessas excepções é constituída pelo recurso à focalização omnisciente para denunciar o comportamento diletante de Carlos (pp. 128-129 e 187); nessas circunstâncias, novamente quando está em causa uma reminiscência da informação naturalista que sugere a influência do ambiente acéfalo e monótono de Lisboa sobre a personagem, o narrador prefere optar exactamente pela perspectiva omnisciente. O que confirma, afinal, a coerência técnico-narrativa do recurso a esta óptica de representação da diegese.

Uma outra excepção relevante a esta correspondência passado--focalização omnisciente, presente-focalização interna localiza-se no capítulo III, quando o recurso à perspectiva de personagens inseridas na história começa a ganhar um destaque considerável.

4.3. Focalização interna

Como ficou já dito, é a focalização interna o processo representativo que alterna, nos *Maias,* com a focalização omnisciente; para além disso, contudo, a utilização do ponto de vista de determinadas personagens predomina largamente sobre a omnisciência do narrador. Com efeito, se a vigência desta se verifica, de modo particularmente evidente, nos primeiros dois capítulos e também no quarto, nos restantes segmentos narrativos (isto é, a partir do capítulo III e em grande parte do quarto), é a focalização interna que se instaura como veículo preferencial de representação narrativa.

Isto não quer dizer, como é óbvio, que o narrador não mais assuma uma posição de transcendência para narrar eventos e caracterizar personagens; nas páginas anteriores, verificou-se que assim acontecia, por exemplo, em relação à figura de Dâmaso e ao diletantismo de Carlos. Noutras circunstâncias ainda isso acontece: quando se trata de estabelecer ligação entre os diversos capítulos ou os vários episódios de representação social, a focalização omnisciente actua como câmara cinematográfica que lançasse, sobre a acção e os cenários, uma visão panorâmica, antes de, logo de seguida, ser confiada a uma personagem particular a perspectivação da diegese. É o que se verifica, por exemplo, quando da visita de Carlos à Vila Balzac, visita essa justamente introduzida por uma breve informação do narrador omnisciente acerca de Ega e das suas fantasias (p. 145); do mesmo modo, antes do Jantar do Hotel Central (pp. 154-155), o narrador parece fazer questão em facultar elementos relativamente pormenorizados que expliquem o aparecimento do episódio referido, logo de seguida sujeito à focalização de Carlos.

Mas à parte estas circunstâncias de esporádica utilização da focalização omnisciente — estendidas também a certos momentos de pausa da intriga, sujeitos a uma certa elaboração do tempo (cf. pp. 454 ss.) —, a partir do capítulo IV a focalização interna impõe as suas normas por meio da instauração da subjectividade de duas personagens: Carlos e também (por razões adiante expostas) João da Ega. A perspectiva de Carlos não se acciona, porém, sem que, previamente, uma outra óptica seja instituída, ainda no contexto da retrospectiva inicial: precisamente a de Vilaça (pai).

4.3.1. Vilaça

A focalização interna de Vilaça ocorre a partir do momento em que Vilaça reencontra, em Santa Olávia, Afonso da Maia e Carlos Eduardo. Que a óptica do procurador se encontra privilegiada de modo praticamente constante ao longo do capítulo III, prova-o a configuração global do enunciado, dominado pela referência aos factos e situações em que Vilaça se encontra directamente implicado:

> Os três homens sentaram-se à mesa do café. Defronte do terraço, o Brown, de boné escocês posto ao lado e grande cachimbo na boca, puxava ao alto a barra do trapézio para Carlos se balouçar. Então o bom Vilaça pediu para voltar

as costas. Não gostava de ver ginásticas; bem sabia que não havia perigo; mas mesmo nos cavalinhos, as cabriolas, os arcos atordoavam-no; saía sempre com o estômago embrulhado...

— E parece-me imprudente, sobre o jantar...

— Qual! é só balouçar-se... Olhe para aquilo!

Mas Vilaça não se moveu, com a face sobre a chávena.

O abade, esse, admirava, de lábios entreabertos, e o pires cheio de café esquecido na mão.

— Olhe para aquilo, Vilaça — repetiu Afonso. — Não lhe faz mal, homem!

O bom Vilaça voltou-se, com esforço. O pequeno, muito alto no ar, com as pernas retesadas contra a barra do trapézio, as mãos às cordas, descia sobre o terraço, cavando o espaço largamente, com os cabelos ao vento; depois elevava-se, serenamente, crescendo em pleno sol; todo ele sorria; a sua blusa, os calções enfunavam-se à aragem; e via-se passar, fugir, o brilho dos seus olhos muito negros e muito abertos (p. 66).

Como facilmente se nota, a representação da acção encontra-se condicionada pela visão de Vilaça: deste modo, só a partir do momento em que o procurador acede a voltar-se, se processa a referência ao balouçar de Carlos, até então fora da capacidade de alcance da personagem focalizada.

Mas sabemos já que a utilização de um determinado ponto de vista implica algo mais do que a simples alusão ao que cabe dentro de um campo óptico particular. E assim acontece com Vilaça, quando está em causa a problemática da educação.

No capítulo inicial chamámos já a atenção para a importância de que esta problemática se reveste, neste romance como, aliás, na restante produção literária queirosiana; exactamente neste episódio ela reactiva-se, mas submetida agora a um processo de representação narrativa diverso do quase sistematicamente utilizado no romance naturalista. Isto significa que, a propósito da educação de Carlos, não dispomos de um retrato profundo, sistemático nem rigoroso, pela simples razão de que essa educação passa pelo ponto de vista de Vilaça; com efeito, é nas poucas horas por este passadas em Santa Olávia que nos é facultada uma imagem parcial e subjectiva dessa educação. Mas este facto não é suficiente para impedir que se possam extrair três conclusões importantes, a partir deste contacto, dimensionado pela óptica do procurador, com **um dia** da educação de Carlos.

A primeira conclusão é a de que Vilaça manifesta uma atitude de simpatia pelo aspecto físico da criança submetida a um processo pedagógico de inspiração britânica:

> Ia abraçar Carlos outra vez entusiasmado, mas o rapaz fugiu-lhe com uma bela risada, saltou do terraço, foi pendurar-se de um trapézio armado entre as árvores, e ficou lá, balançando-se em cadência, forte e airoso, gritando: «Tu és o Vilaça!»
>
> O Vilaça, de guarda-sol debaixo do braço, contemplava-o embevecido.
>
> — Está uma linda criança! Faz gosto! E parece-se com o pai. Os mesmos olhos, olhos dos Maias, o cabelo encaracolado... Mas há-de ser muito mais homem! (p. 54).

Em segundo lugar, verificamos que da focalização de Vilaça não resulta necessariamente (e atemo-nos agora mais propriamente ao «julgamento» a que é submetida a educação em si) uma reacção de reprovação; com efeito, o que se conclui do comportamento da personagem focalizada perante o carácter inovador do sistema educativo em questão é um certo espanto. E pode dizer-se que esse espanto se transforma em admiração quando está em causa uma outra filosofia pedagógica presente também neste episódio: aquela que domina Eusebiozinho.

Efectivamente — e entramos na terceira das conclusões referidas — quando Eusebiozinho declama perante Vilaça a «Lua de Londres», mais do que a exibição de supostos dotes intelectuais, o que se patenteia sobretudo são os resultados de um programa educativo situado nos antípodas do de Carlos; e esses resultados traduzem-se exactamente na imagem formada pelo procurador a partir do comportamento de Eusebiozinho: uma imagem de amolecimento físico, de fragilidade, de carência de vontade e de simples e sistemático recurso à memória (cf. p. 76).

Em última análise, a figura de Eusebiozinho mais não faz do que confirmar o sintético retrato que o narrador omnisciente delineara anteriormente (pp. 68-69): um retrato em que não era difícil adivinhar um resultado desastroso e, a curto prazo, desmistificador de uma atitude pedagógica julgada correcta.

De tudo isto importa extrair uma última ilação: da educação de Carlos (ao contrário do que acontece, em certa medida, com Eusebiozinho) o narrador faculta apenas aquilo que a visão de Vilaça (e os seus juízos subjectivos) permite representar. Ora é fácil de ver que, não se debruçando o narrador omnisciente, de modo exaustivo, sobre a educação de Carlos, não ficam estabelecidas premissas rigorosas que permitam mais tarde, no desenrolar da intriga, atribuir a esta fase da vida da personagem responsabilidades inegáveis por determinados comportamentos. E esta é, como facilmente se vê, uma atitude francamente distanciada do comportamento do narrador naturalista ortodoxo.

Isto não significa, como é óbvio, que, a partir dos juízos subjectivos de Vilaça, não possa ser extraída uma conclusão indirecta acerca da qualidade do programa educativo de Carlos. Essa conclusão passa necessariamente pelo já citado contraste entre o neto de Afonso da Maia e Eusebiozinho; se tivermos em conta que, acerca deste último, o narrador omnisciente não deixa de expressar um julgamento francamente desfavorável (cf. pp. 68-69), não é difícil aceitar que, a propósito da educação de Carlos (isto é, a propósito de uma educação oposta à daquele) o juízo será francamente mais favorável. Mas esta é uma questão que se revela investida de implicações ideológicas profundas cuja análise remetemos para o último capítulo.

4.3.2. Carlos da Maia

Mas é sobretudo com Carlos da Maia que a focalização interna ganha um significado e uma profundidade considerável, na constituição do discurso narrativo dos *Maias.* Com efeito, é especialmente à personagem central que cabe captar a diegese e formar dela uma imagem particular, dimensionada justamente pelas directrizes do seu ponto de vista pessoal. Esta questão reveste-se de importância em dois aspectos particulares: em primeiro lugar, no que respeita à representação do universo social dos *Maias,* isto é, no que concerne à vinculação do processo crítico à consciência de Carlos. Por outro lado, o seu ponto de vista revela-se também um elemento fundamental para completar a definição de determinadas personagens implicadas na intriga, cuja prévia caracterização fora facultada pela omnisciência do narrador. Isso acontece, de modo particular, no que respeita a Afonso da Maia e a João da Ega.

Efectivamente, a imagem de solidez moral e de coerência ideológica que de Afonso da Maia se vai esboçando depende, em grande parte, da visão de Carlos. O que significa que as palavras iniciais do narrador a propósito de Afonso (p. 12) e também o seu comportamento passado que a retrospectiva inicial recordara, tudo isso surge agora confirmado pela óptica de Carlos. E é justamente quando a intriga atinge o clímax que melhor se expressa a solidez moral a que nos referimos: no momento em que Carlos, depois do incesto consciente, regressa a casa e encontra o avô «em mangas de camisa, lívido, mudo, grande, espectral» (p. 667), é sobretudo a grandeza moral de Afonso que se impõe à personagem central, esmagando-a com a sua imponência e firmeza indestrutível.

Também em relação a Ega é curioso reparar que, depois de sinteticamente apresentado pelo narrador (cf. pp. 92-93), as suas facetas de fantasista, de literato esteticamente instável, e a sua mentalidade em constante conflito sarcástico com os que o rodeiam, confirmam-se inteiramente desde que o autor das «Memórias dum Átomo» aparece em Lisboa. Recordem-se, a este propósito, dois episódios sintomáticos: o da visita de Ega ao consultório de Carlos (pp. 104-112) e o do contacto da personagem central com a Vila Bàlzac (pp. 145-152). Em ambos os casos, patenteia-se à focalização de Carlos a exuberância das atitudes gesticulantes de Ega e as suas opiniões de entoação escandalosa; e em ambos os casos igualmente, são pormenores de vestuário (a «opulenta peliça» e o «prodigioso *robe-de-chambre*») reiteradamente citados que corroboram, sob a óptica de Carlos, o retrato inicialmente sugerido pelo narrador omnisciente.

Mas é sobretudo em relação a Maria Eduarda que se torna mais nítida a dependência de uma figura integrada na diegese relativamente ao ponto de vista de Carlos. Com efeito, de Maria Eduarda sabe-se não só aquilo que ela própria vem a revelar no capítulo XV, mas também o que a visão de Carlos vai progressivamente elaborando.

Essa constituição da imagem de Maria Eduarda concretiza-se a partir do capítulo VI; exactamente no momento em que se dirige ao jantar do Hotel Central, surge a Carlos uma figura feminina sintomaticamente caracterizada em termos de pura exterioridade:

> Um esplêndido preto, já grisalho, de casaca e calção, correu logo à portinhola; de dentro um rapaz muito magro, de barba muito negra, passou-lhe para os braços uma deliciosa cadelinha escocesa, de pêlos esguedelhados, finos como seda e cor de prata; depois apeando-se, indolente e *poseur*, ofereceu

a mão a uma senhora alta, loira, com um meio véu muito apertado e muito escuro que realçava o esplendor da sua carnação ebúrnea. Craft e Carlos afastaram-se, ela passou diante deles, com um passo soberano de deusa, maravilhosamente bem feita, deixando atrás de si como uma claridade, um reflexo de cabelos de oiro, e um aroma no ar. Trazia um casaco colante de veludo branco de Génova, e um momento sobre as lajes do peristilo brilhou o verniz das suas botinas. O rapaz ao lado, esticado num fato de xadrezinho inglês, abria negligentemente um telegrama; o preto seguia com a cadelinha nos braços. E no silêncio a voz de Craft murmurou:

— Très chic (pp. 156-157).

Não é por acaso que este retrato se esboça de acordo com duas determinantes fundamentais; em primeiro lugar, ele forma-se apenas a partir dos elementos físicos da personagem: o vestuário, a cor dos cabelos, «o esplendor da sua carnação ebúrnea». Acontece assim exactamente porque Maria Eduarda (por enquanto uma desconhecida) é apenas **vista** por Carlos que, portanto, dela não pode reter, por agora, senão uma imagem física. Em segundo lugar, a figura delineada aparece caracterizada em termos de franca adesão valorativa («ela passou diante deles com um passo soberano de deusa, maravilhosamente bem feita, deixando atrás de si como uma claridade, um reflexo de cabelos de oiro, e um aroma no ar»); trata-se, afinal, daquela que virá a ligar-se sentimentalmente com aquele que agora a vê e que é seduzido, antes de tudo, pela distinção do aspecto físico.

Esta mesma imagem de Maria Eduarda confirma-se, pouco mais tarde, quando pela segunda vez ela aparece na cena dos *Maias* (pp. 202-203). E novamente expressam-se, com uma afinidade semântica notável, as imagens, as comparações e as metáforas que aproximam Maria Eduarda de uma deusa e que insistem sobretudo nas características que dela fazem uma entidade claramente distinta do envolvimento humano em que se integra: «e toda ela, adiantando-se assim no luminoso da tarde, tinha, naquele cais triste de cidade antiquada, um destaque estrangeiro, como o requinte claro de civilizações superiores» (p. 203). Neste caso, torna-se mais evidente a dependência em que Maria Eduarda se encontra relativamente à focalização interna de Carlos, se tivermos em conta as circunstâncias em que este segundo encontro se concretiza:

Mas Carlos não pôde detalhar-lhe as feições; apenas de entre o esplendor ebúrneo da carnação, sentiu o negro profundo de dois olhos que se fixaram nos seus. Insensivelmente deu um passo para a seguir. Ao seu lado Steinbroken, sem ver nada, estava achando Bismarck assustador. À maneira que ela se afastava, parecia-lhe maior, mais bela: e aquela imagem falsa e literária de uma deusa marchando pela Terra prendia-se-lhe à imaginação. Steinbroken ficara aterrado com o discurso do chanceler no Reichstag... Sim, era bem uma deusa. Sob o chapéu, numa forma de trança enrolada, aparecia o tom do seu cabelo castanho, quase loiro à luz; a cadelinha trotava ao lado, com as orelhas direitas (p. 203).

Note-se como, no momento em que Carlos se embrenha na contemplação de Maria Eduarda, continuam a ecoar as monótonas observações de Steinbroken acerca de Bismarck e do discurso do chanceler no Reichstag. Ou seja, intersectam-se dois planos de percepção, ambos dependentes (mas diversamente privilegiados) do ponto de vista de Carlos: o que é dominado pela atitude contemplativa centrada na figura de Maria Eduarda e (em segundo plano) as palavras de Steinbroken, ainda ao alcance da audição de Carlos, mas distantes da sua atenção.

Se estes dois momentos de utilização da focalização interna de Carlos são importantes para evidenciar o rigor com que a história é submetida ao seu ponto de vista, não menos relevante é um conjunto de situações em que essa focalização se activa quando está em causa a representação do espaço social dos *Maias*. E então verifica-se que as diversas personagens e os múltiplos episódios que encontrámos já, quando analisámos o cenário sociocultural dos *Maias,* são submetidos a uma visão eminentemente crítica.

Como se sabe, o primeiro desses episódios é o jantar do Hotel Central; é aí verdadeiramente que Carlos faz a sua entrada na vida social da capital, processando-se então um primeiro contacto com os tipos mais relevantes que integram essa vida:

E apareceu um indivíduo muito alto, todo abotoado numa sobrecasaca preta, com uma face escaveirada, olhos encovados, e sob o nariz aquilino, longos, espessos, românticos bigodes grisalhos: já todo calvo na frente, os anéis fofos de uma grenha muito seca caíam-lhe inspiradamente sobre a gola: e em toda a sua pessoa havia alguma coisa de antiquado, de artificial e de lúgubre.

Estendeu silenciosamente dois dedos ao Dâmaso, e abrindo os braços lentos para Craft, disse numa voz arrastada, cavernosa, ateatrada:

— Então és tu, meu Craft! Quando chegaste tu, rapaz? Dá-me cá esses ossos honrados, honrado inglês! (p. 159).

Aparentemente, a personagem agora descrita não precisaria de o ser, pois, antes deste episódio, já o narrador omnisciente a ela se referira (pp. 22-23 e 36-37); todavia, neste momento, é perante a focalização de Carlos que a personagem surge pela primeira vez, sendo, por conseguinte, tratada na condição de desconhecido que é para quem detém o ponto de vista da narrativa. Por isso, tal como acontecia com Maria Eduarda, reinsiste-se nos pormenores físicos: os «românticos bigodes», a grenha inspirada, o ar «antiquado» e «lúgubre» e o comportamento teatral. O que significa que, sem saber ainda que está na presença de Tomás Alencar, Carlos começa a detectar nele os tiques característicos daquilo que é, afinal, representado pelo poeta das «Vozes de Aurora»: a poesia ultra-romântica e as suas poses a um tempo solenes, arrebatadas e retrógradas, tal como, aliás, os episódios seguintes confirmarão largamente.

E é assim que, ao longo da vasta acção social dos *Maias,* a representação dos vários eventos que a integram e ilustram depende, muitas vezes, da atenção que por Carlos lhe é dedicada. Uma prova do que afirmamos encontra-se neste mesmo episódio do jantar do Hotel Central:

> Carlos e Craft, que abafavam, foram respirar para a varanda; e aí recomeçou logo, naquela comunidade de gostos que os começava a ligar, a conversa da Rua do Alecrim sobre a bela colecção dos Olivais. Craft dava detalhes; a coisa rica e rara que tinha era um armário holandês do século XVI; de resto, alguns bronzes, faianças e boas armas...
>
> Mas ambos se voltaram ouvindo, no grupo dos outros, junto à mesa, estridências de voz, e como um conflito que rompia: Alencar, sacudindo a grenha, gritava contra a *palhada filosófica;* e do outro lado, com o cálice de conhaque na mão, Ega, pálido e afectando uma tranquilidade superior, declarava toda essa babuge lírica que por aí se publica digna da polícia correccional... (pp. 171-172).

Como facilmente se percebe, é só a partir do momento em que a atenção de Carlos (e também a de Craft, próximo da personagem central não só, como veremos, em termos físicos) se debruça sobre a discussão entre Ega e Alencar, que essa discussão é referida em pormenor.

Mas o que importa também realçar é que a utilização da perspectiva de Carlos não se traduz apenas em relação ao alcance óptico. Mais do que isso, o que essa perspectiva implica é sobretudo uma posição globalmente crítica perante o universo social que a rodeia. E se essa atitude é já visível em relação à figura de Alencar e às atitudes polémicas com ele (e com Ega) relacionadas, ela acentua-se consideravelmente noutras circunstâncias.

É justamente o que ocorre quando Carlos encontra em Sintra, não Maria Eduarda, mas Eusebiozinho:

> Carlos correu, olhou... Era ele, o viúvo, acabando de almoçar, com duas raparigas espanholas.
>
> Estava no topo da mesa, como presidindo, diante de uns restos de pudim e de pratos de fruta, amarelado, despenteado, carregado de luto, com a larga fita das lunetas pretas passada por trás da orelha, e uma rodela de tafetá negro sobre o pescoço, tapando alguma espinha rebentada.
>
> Uma das espanholas era um mulherão trigueiro, com sinais de bexigas na cara; a outra, muito franzina, de olhos meigos, tinha uma roseta de febre, que o pó de arroz não disfarçava. Ambas vestiam de cetim preto, e fumavam cigarro. E na luz e na frescura que entrava pela janela, pareciam mais gastas, mais moles, ainda pegajosas da lentura morna dos colchões, e cheirando a bafio de alcova. Pertencendo à súcia havia um outro sujeito, gordo, baixo, sem pescoço, com as costas para a porta e a cabeça sobre o prato, babujando uma metade de laranja.
>
> Durante um momento, Eusebiozinho ficou interdito, com o garfo no ar; depois lá se ergueu, de guardanapo na mão, veio apertar os dedos aos amigos, balbuciando logo uma justificação embrulhada, a ordem do médico para mudar de ares, aquele rapaz que o acompanhara, e que quisera trazer raparigas... E nunca parecera tão fúnebre, tão reles, como resmungando estas coisas hipócritas encolhido à sombra de Carlos.
>
> — Fizeste muito bem, Eusebiozinho — disse Carlos por fim, batendo-lhe no ombro. — Lisboa está um horror, e o amor é coisa doce (pp. 225-226).

Como se vê, é antes de mais a visão (no sentido sensorial) de Carlos que domina a descrição («Carlos correu, olhou... Era ele, o viúvo...»). Mas mais do que isso é sobretudo a projecção da subjectividade da personagem focalizada sobre o enunciado que marca um julgamento claramente depreciativo, em relação àqueles sobre quem essa subjectividade insiste. Assim acontece com expressões como «amarelado», «mais gastas, mais moles, ainda pegajosas», «fúnebre», «reles», «coisas hipócritas», manifestações do discurso valorativo de índole francamente pejorativa; assim acontece igualmente com as conotações (discurso conotativo) que envolvem os vocábulos «súcia» e «babujando», o primeiro reenviando a um contexto social degradado e o segundo a formas de comportamento deselegante. Tudo isto dominado pelo discurso modalizante («como presidindo», «alguma espinha rebentada», «pareciam mais gastas», «um outro sujeito», «nunca parecera tão fúnebre»), indício fundamental da sujeição desta descrição a uma óptica limitada na sua capacidade de conhecimento, mas extremamente crítica em relação àquilo e àqueles com quem contacta. E estes são, mais do que personagens isoladas, representantes de modos de vida e de esquemas socioculturais: Eusebiozinho, produto de uma educação romântica de resultados moralmente funestos (como o prova a companhia das prostitutas espanholas); o «outro sujeito» (que Carlos virá a saber tratar-se de Palma «Cavalão»), documento vivo dos hábitos e da mentalidade característica do jornalismo lisboeta.

Mas este contacto de Carlos com as personagens referidas não é mais do que o paradigma do tipo de relações que a personagem central detém com o cenário em que se insere. Relações em que a sua subjectividade (accionada pela focalização interna) não cessa de julgar os mais significativos episódios da acção social dos *Maias*.

É dessa mesma atenção que deflui a demorada representação de um acontecimento dotado da penetração crítica que descortinámos no capítulo dedicado ao espaço dos *Maias:* o episódio das corridas (9). Ora o que agora nos interessa realçar é que, se a atmosfera de amolecimento humano e carência de vitalidade própria deste episódio merece um juízo globalmente negativo, esse juízo depende novamente dos olhos que o vêem. E esses olhos são justamente os de uma personagem cultural e mentalmente distanciada daquilo que a rodeia. De tal modo que, quando estala uma desordem no hipódromo — a desordem que desmancha «a linha postiça de civilização e a atitude forçada de decoro...» (p. 325) — Carlos, em vez de se indignar como o marquês, acha pitoresco, numa reacção a que se reconhecerá uma certa sobranceria. E acha pitoresco precisamente porque, para ele, é aquele o remate lógico de uma situação de ostentação social que não conseguia camuflar devidamente o lastro de mediocridade a ela subjacente.

É significativo, aliás, que neste episódio Carlos surja (como acontece também no jantar do Hotel Central) acompanhado por Craft. É que Craft representa o temperamento e a formação britânica, tal como britânica é a educação de Carlos; do mesmo modo, as atitudes e os hábitos da personagem central parecem encontrar em Craft aquilo a

---

(9) Cf. *supra,* pp. 68-70

que o narrador se refere como sendo «similitudes de gosto e de ideias» (p. 186), similitudes essas que inclusivamente se estendem a uma mesma propensão para o diletantismo. Pelo que não é de estranhar que Carlos apareça diversas vezes acompanhado por aquele que, tendo com ele muito em comum, constitui uma espécie de tácita confirmação dos seus juízos críticos.

E os juízos críticos de Carlos dominam, com efeito, os principais momentos da acção social dos *Maias*, quando a personagem se defronta com os representantes do estrato dominante em que se encontra inserida. Deste modo, além de perspectivar os episódios já citados, assim como os jantares em que participa, as reuniões pretensamente elegantes a que assiste, ou as aventuras amorosas de que é protagonista efémero, Carlos transforma-se, por virtude do recurso ao seu ponto de vista, em veículo preferencial de acesso à vasta crónica de costumes que serve de pano de fundo à intriga. Processo que se repetirá no episódio final como, mais adiante, teremos oportunidade de ver.

Mas a focalização interna da personagem central acciona-se também em circunstâncias diversas, quando incide sobre os seus próprios e mais íntimos estados de alma. Referimo-nos, de modo particular, aos momentos em que a intriga se encontra na sua fase mais intensa, quando Carlos é atormentado por dúvidas, hesitações e complexos de culpa insuperáveis.

Já antes disso, a vida interior da personagem se activara nos momentos em que, como vimos no parágrafo dedicado ao espaço psicológico [10], se processara a representação episódica do seu universo onírico (cf. pp. 184-185); ou então, quando Carlos mergulha na evocação de tempos passados, distantes cronologicamente do presente da história, mas vivos na sua memória pelo significado que encerram (cf. pp. 182--184).

É, todavia, nos momentos de mais intensa reflexão que a vida interior da personagem surge representada, de modo quase directo, através da enunciação da sua **corrente de consciência,** isto é, do fluir espontâneo dos seus pensamentos mais recônditos. Note-se, entretanto, que não se consuma, com a representação da corrente de consciência de Carlos, o chamado **monólogo interior**; para que este tivesse lugar, era

---

(10) Cf. *supra*, p. 77.

preciso que o discurso interior da personagem fosse apresentado directamente ao destinatário, em pleno processo de elaboração, sem interposição do narrador e, portanto, através de um enunciado desordenado e sintacticamente caótico. Mas se assim não acontece, a verdade é que disso se está já próximo:

> Chegara ao fim do Aterro. O rio silencioso fundia-se na escuridão. Por ali entraria em breve, do Brasil, o *outro* — que nas suas cartas se esquecia de mandar um beijo a sua filha! Ah, se ele não voltasse! Uma onda providencial podia levá-lo... Tudo se tornaria tão fácil, perfeito e límpido! De que servia na vida esse ressequido? Era como um saco vazio que caísse ao mar! Ah, se *ele* morresse!... (pp. 452-453).

Como se vê, são as próprias exclamações interiores da personagem, os seus desejos mais íntimos que aqui se patenteiam através do chamado **monólogo interior indirecto**; concebido já por Édouard Dujardin (11), suposto criador do monólogo interior, e mais sistematicamente definido por Robert Humphrey (12), o **monólogo interior indirecto** entende-se como discurso em que o narrador confere uma certa organização formal (sobretudo através do discurso indirecto livre) à corrente de consciência da personagem. O que, efectivamente, diversas vezes acontece nos *Maias:*

> Decerto era terrível tornar a vê-la naquela sala, quente ainda do seu amor, agora que a sabia sua irmã... Mas porque não? Havia acaso ali dois devotos, possuídos da preocupação do Demónio, espavoridos pelo pecado em que se tinham atolado, ainda que inconscientemente, ansiosos por irem esconder, no fundo de mosteiros distantes, o horror carnal um do outro? Não! Necessitavam eles por acaso pôr imediatamente entre si as compridas léguas que vão de Lisboa a Santa Olávia, com receio de cair na antiga fragilidade, se de novo os seus olhos se encontrassem, brilhando com a antiga chama? Não! Ambos tinham em si bastante força para enterrar o coração sob a razão, como sob uma fria e dura pedra, tão completamente que não lhe sentissem mais nem a revolta nem o choro. E ele podia desafogàdamente voltar àquela sala, toda quente ainda do seu amor (pp. 652-653).

---

(11) Cf. *Le monologue intérieur*, Paris, A. Messein, 1931, pp. 39-40.
(12) Cf. *Stream of consciousness in the modern novel*, Berkeley/Los Angeles, University of California Press, 1965, p. 29.

Como se vê, nos exemplos citados (e ainda noutros, como, por exemplo, pp. 492-493 e 665-667), para além do que o monólogo interior indirecto expressa, não é menos importante frisar a atitude interpretada pelo narrador: o limitar-se a reproduzir, com um grau mínimo de intervenção, o discurso interior da personagem. O que, mais uma vez, vem confirmar o impacto de que neste romance se reveste a focalização interna e a sua importância no processo de configuração das características diegéticas da personagem central.

4.3.3. João da Ega

Uma idêntica análise da corrente de consciência (mas em proporções obviamente mais reduzidas) tem lugar quando da utilização da focalização interna de João da Ega. Igualmente em momentos de grande tensão dramática, a perspectiva de Ega é colocada ao serviço da representação do seu próprio interior, como vimos já quando abordámos o espaço psicológico (13); e do mesmo modo, nesses momentos (por exemplo, pp. 620-622, 661-662 e 664-665) a intervenção do narrador limita-se a organizar minimamente o discurso, do ponto de vista formal.

Não é, porém, só nessas circunstâncias que a focalização interna de Ega desempenha um papel crucial na representação narrativa da história; isso acontece também quando se trata de completar a aproximação crítica concretizada por Carlos em relação ao espaço social. E porquê este recurso a Ega, como complemento de Carlos? Por duas razões, fundamentalmente: em primeiro lugar, porque Ega se encontra próximo da personagem central e não só em termos físicos; tal como já observámos relativamente a Craft (sem que, no entanto, possam ser atribuídas ao mero figurante que este se limita a ser funções tão importantes como as que cabem a Ega), também o autor das «Memórias dum Átomo» detém com Carlos afinidades culturais e mentais muito estreitas; motivo pelo qual está igualmente instrumentado para, em certos momentos, completar, através da sua focalização interna, a visão crítica da personagem central. Em segundo lugar, porque, em determinados meios, Ega movi-

(13) Cf. *supra*, p. 79.

menta-se com mais desembaraço do que Carlos que apenas numa emergência acede, por exemplo, a contactar com a sordidez de Palma «Cavalão», nunca chegando, porém, a penetrar na atmosfera bafienta do jornal «A Tarde». Por outro lado, no sarau do Teatro da Trindade, é a Ega (ele próprio também um literato, ainda que falhado) que mais directamente compete dimensionar, pela sua visão crítica, a retórica desenfreada de Rufino e sobretudo o lirismo de Alencar.

É, portanto, especialmente nos dois episódios citados (o da redacção do jornal «A Tarde» e o do sarau) que a perspectiva de Ega surge privilegiada de modo praticamente constante. Por isso mesmo, quando da visita ao Neves, o discurso modalizante reaparece como modo de expressão de uma certa limitação de conhecimentos:

> Ega acendeu o charuto, ficou um momento considerando aqueles sujeitos que pasmavam para o verbo do Neves. Eram decerto deputados que a crise arrastara a Lisboa, arrancara à quietação das vilas e das quintas. O mais novo parecia um pote, vestido de casimira fina, com uma enorme face a estourar de sangue, jucundo, crasso, lembrando ares sadios e lombo de porco. Outro, esguio, com o paletó solto sobre as costas em arco, tinha um queixo duro e maciço de cavalo: e dois padres muito rapados, muito morenos, fumavam pontas de cigarro. Em todos havia esse ar, conjuntamente apagado e desconfiado que marca os homens de província, perdidos entre as tipóias e as intrigas da capital. (...) Para todos o Neves era um «robusto talento»; admiravam-lhe a verbosidade e a táctica; decerto gostavam de citar nas lojas das suas vilas o amigo Neves, o jornalista, o d'«A Tarde»... Mas, através dessa admiração e do prazer de roçar por ele, percebia-se-lhes um vago medo que aquele «robusto talento» lhes pedisse, num vão de janela, duas ou três moedas (pp. 573-574).

Na referência preferencial ao aspecto físico das personagens («Em todos havia esse ar...»; «percebia-se-lhes um vago medo...») concentra-se a dose de superficialidade própria do contacto de uma visão inserida na história (a de Ega) com figuras desconhecidas; mas nas suposições que Ega interpreta (introduzidas pela expressão dubitativa «decerto») está contido também um juízo crítico muito nítido, a respeito da dependência e submissão das personagens descritas em relação ao político da capital. Juízos críticos igualmente (mas estes formulados explicitamente) são os suscitados pelo jornalismo degradado de Melchior (pp. 575-577) e pela prática política de Gonçalo (pp. 578-579); e em ambos os casos, é novamente o sarcasmo mordaz de Ega que denuncia modos degradados de existência sociocultural.

Da mesma maneira, no sarau do Teatro da Trindade é a atenção crítica de Ega que comanda a representação narrativa; que assim acontece prova-o não só a movimentação da personagem focalizada durante todo o episódio e a sujeição da acção a essa movimentação, mas também a insistência em certos pormenores sintomáticos. Deste modo, quando Ega entra no sarau, fica «entalado entre um padre muito gordo, que pingava de suor, e um alferes de lunetas escuras» (p. 587); pois esta alusão ao aspecto físico desagradável do padre é retomada, em termos muito idênticos, sempre que a personagem em questão se encontra ao alcance de Ega:

> Mas o Ega sufocava, esmagado, farto do Rufino, com a impressão de de que o padre ao lado cheirava mal (p. 588).
>
> — Apoiado! — Mugiu na coxia o padre sebento (p. 591).

Crítico também é o julgamento a que a personagem focalizada submete o lirismo de Alencar. Porque é sobretudo Ega, o adepto (nem sempre convicto...) do naturalismo positivista, quem está em condições de denunciar os excessos retóricos e sentimentalistas da poesia de Alencar; por isso mesmo, é à subjectividade de Ega que devem, em última análise, ser vinculados os juízos que justamente evidenciam a contradição de um ideário político-social pretensamente revolucionário com as fórmulas estereotipadas do Ultra-romantismo (cf. sobretudo pp. 610-611).

4.4. Síntese

- Ponto de vista
  - Modo de representação
    - Focalização omnisciente
    - Focalização interna
    - Focalização externa
  - Focalização omnisciente
    - Ramalhete (pp. 5-11)
    - Passado dos Maias
      - Afonso (pp. 11-12, 13 ss.)
      - Pedro (pp. 17 ss.)
    - Carlos
      - Formação (pp. 87-95)
      - Diletantismo (pp. 128-129, 187)
    - João da Ega (pp. 92-93)
    - Eusebiozinho (pp. 68-69)
    - Dâmaso (pp. 188-189, 191-192)
  - Focalização interna
    - Vilaça (pp. 53 ss.)
    - Carlos
      - Personagens
        - Afonso (p. 667)
        - Ega (pp. 104 ss., 145 ss.)
        - M. Eduarda (pp. 156-157, 202-203)
      - Vida social
        - Episódios
          - Jantar (pp. 157 ss.)
          - Corridas (pp. 312 ss.)
          - Etc., etc.
        - Personagens
          - Alencar (p. 159)
          - Eusébio (pp. 225-226)
          - Etc., etc.
      - Corrente de consciência
        - Sonho (pp. 184-185)
        - Mon. int. indir. (pp. 182-184, 451-453, 492-493, 652-654, 665-667)
    - Ega
      - Corrente de consciência (pp. 620-622, 661-662, 664-665)
      - Redacção do jornal «A Tarde» (pp. 571 ss.)
      - Sarau (pp. 586 ss.)

5. TEMPO

A abordagem da problemática do tempo no universo da ficção não pode abdicar de um pressuposto metodológico de importância capital: a noção de que **tempo da história** e **tempo do discurso** são elementos distintos, se bem que possam ser estreitamente relacionados. Com efeito, o **tempo da história** é aquele que se nos apresenta com uma feição pluridimensional: vivido por múltiplas personagens, desdobrando-se em dias, meses e anos, o tempo da história pode até reflectir (embora à distância e com as transformações impostas pelas características especificamente literárias do mundo fictício em que se manifesta) eventos e mutações registadas na História real de um país.

Susceptível de ser considerado em termos cronológicos, o tempo da história pode, porém, sofrer distorções consideráveis desde que mediatizado e elaborado pela subjectividade das personagens; sobretudo a partir daquilo a que Michel Zéraffa chamou *revolução romanesca* (1), autores como Joyce, Proust e Faulkner, entre outros (e, já antes deles, o brasileiro Machado de Assis), conferem ao tratamento do tempo uma atenção considerável: fruto dessa atenção é a constituição de uma nova temporalidade, a psicológica, adversa à rigidez do tempo cronológico e sujeita à vivência peculiar das personagens. Temporalidade cuja feição inovadora não se compreende inteiramente se, entretanto, se não atentar nas características técnico-formais do tempo do discurso.

O **tempo do discurso** é, portanto, o resultado da elaboração do tempo da história que, sujeito aos cuidados que o narrador lhe dispensa,

---

(1) Michel Zéraffa, *La révolution romanesque*, Paris, U.G.E., 1972.

surge alongado ou resumido, alterado na sua ordenação lógica ou submetido a cortes mais ou menos profundos; dotado, portanto, de considerável elasticidade, o tempo do discurso detecta-se ao nível textual (por meio de vestígios que encontraremos nos *Maias*) e obedece ao carácter linear próprio do enunciado.

Como é fácil de ver, a análise da problemática do tempo não nos interessa apenas enquanto processo de conhecimento dos modos de execução formal das relações do tempo da história com o tempo do discurso; se essa execução formal é importante, não menos o é o conjunto de significados que é possível inferir a partir das relações referidas, não esquecendo igualmente a dimensão psicológica que, como observámos, cabe também ao tempo, no domínio do discurso de ficção. Ora são justamente estas questões que agora nos interessam, no âmbito do estudo dos *Maias*.

5.1. Tempo da história

Nos *Maias*, o tempo da história é susceptível de ser cronologicamente ordenado. Dominado, como já se disse, pelo encadeamento de três gerações de uma família cujo último membro se destaca em relação aos outros, o romance em análise percorre, através das acções relatadas, uma larga zona do século XIX. É visível, aliás, em diversas passagens, a preocupação do narrador em datar os passos das personagens, desde que se inicia a narrativa:

> A casa que os Maias vieram habitar em Lisboa, no Outono de 1875, era conhecida na vizinhança da rua de S. Francisco de Paula, e em todo o bairro das Janelas Verdes, pela casa do Ramalhete, ou simplesmente o Ramalhete (p. 5).

Este ano de 1875 com que se inicia o discurso não é, porém, o termo *a quo* da história que nos é contada. Se quiséssemos demarcar as fronteiras cronológicas que balizam a acção dos *Maias*, apontaríamos duas épocas fundamentais: o período (não assinalado com rigor pelo narrador) de 1820 a 1822, em que Afonso da Maia é referido a «atirar foguetes de lágrimas à Constituição» e indo «de chapéu à liberal e alta gravata azul, recitando pelas lojas maçónicas odes abomináveis ao Supremo Arquitecto do Universo» (p. 13); e a «luminosa e macia manhã de Janeiro de 1887» em que Carlos e Ega almoçam «num salão do Hotel Bragança, com as duas janelas abertas para o rio» (p. 690). Entre estes dois marcos separados por quase setenta anos, decorrem os eventos fundamentais dos *Maias:* a juventude agitada de Afonso da Maia, os amores fatídicos de Pedro e Maria Monforte, a intriga do incesto e também a vasta crónica de costumes estendida ao longo de vários capítulos.

Mas para além dos dois limites que fixámos, uma outra data merece ser realçada: o ano de 1875 em que, como vimos, encontramos Afonso e Carlos da Maia em Lisboa. É que essa data corresponde ao início de um período de pouco mais de um ano (de Outono de 1875 aos primeiros dias de 1877), objecto, no entanto, de um tratamento temporal que, como veremos, o privilegia em relação às restantes etapas do tempo da história; ora a época citada assiste sobretudo ao desenlace da intriga que leva à morte de Afonso e à separação de Carlos e Maria Eduarda, tudo isto projectado no pano de fundo dos jantares e das corridas, dos saraus, das reuniões mais ou menos elegantes e de manifestações culturais quase sempre esvaziadas de densidade.

O tempo da história a que acabamos de nos referir relaciona-se, entretanto, com um outro tempo, o dos factos reais, de natureza política, económica, social e cultural ocorridos no século XIX. E isto porque são frequentes, efectivamente, as referências abertas ou veladas a eventos históricos importantes, de modo especial no que diz respeito à longa e perturbada fracção que, em Portugal, vai da Revolução de 1820 à fase da Regeneração.

Ao aludirmos aqui a factos reais eventualmente relacionados com a diegese dos *Maias,* não queremos incorrer no que consideramos um erro metodológico grave praticado por certa crítica e não só no domínio dos estudos queirosianos: a identificação linear de acontecimentos e personagens da ficção com factos e pessoas reais. Em última análise, uma atitude como esta decorre directamente do facto de se desconhecer que o universo de ficção e o da realidade se vinculam a modos de existência ontologicamente diversos. Se bem que susceptíveis de serem relacionados, é importante, no entanto, frisar que essas conexões não implicam forçosamente relações de analogia, mas antes de homologia; deste modo, a ficção criada resulta de uma transformação do real (transformação essa mediatizada por códigos estéticos) e não de um reflexo puro e imediato da realidade. É este, afinal, o sentido profundamente inovador introduzido na sociologia literária por Lucien Goldmann, cujo estruturalismo genético, se bem que de forma algo esquemática, privilegia especialmente relações de correspondência (e não de projecção especular) entre determinados sistemas ideológicos e as estruturas significativas de obras literárias (2). E é também dentro desta ordem de ideias que Roman Ingarden define o estrato das objectividades apresentadas como aquele em que se manifesta «apenas um *aspecto exterior* da realidade que, por assim dizer, não pretende ser tomado inteiramente a sério, embora durante a leitura seja frequente acontecer que o leitor leia as frases quase-judicativas como autênticos juízos e assim considere como realidades as objectividades intencionais que apenas simulam o real» (3).

Estas breves referências teóricas mais não pretendem do que introduzir uma apresentação cronologicamente ordenada dos factos que nos *Maias* são datados ou susceptíveis de o serem; e se essa apresentação é feita a par do elenco de acontecimentos históricos do Portugal (e, em parte, também da Europa) oitocentista, não significa isso que se caminhe para a tal identificação linear que acima rejeitámos. Trata-se apenas de, através de uma situação de paralelismo e não de reflexo directo, clarificar e fundamentar o cunho de verosimilhança que preside à acção dos *Maias;* no que não se procurará ser exaustivo, nem denunciar eventuais desfasamentos cronológicos — porque, como dizia Garrett na «Memória ao Conservatório Real», «nem o drama, nem o romance, nem a epopeia são possíveis se os quiserem fazer com a *Arte de verificar as datas* na mão».

---

(2) Cf. Lucien GOLDMANN, *Le dieu caché*, Paris, Gallimard, 1955 e *Pour une sociologie du roman*, Paris, Gallimard, 1970, especialmente o ensaio «La méthode structuraliste génétique en histoire de la littérature».

(3) *A obra de arte literária*, Lisboa, Fund. Calouste Gulbenkian, 1973, p. 243.

	Acção d'*Os Maias*	Factos históricos
1820 1821 1822	E todavia, o furor revolucionário do pobre moço consistira em ler Rousseau, Volney, Helvécio, e a «Enciclopédia»; em atirar foguetes de lágrimas à Constituição; e ir, de chapéu à liberal e alta gravata azul, recitando pelas lojas maçónicas odes abomináveis ao Supremo Arquitecto do Universo (p. 13).	Revolução liberal do Porto Elaboração da Constituição Proclamação da Constituição
1824	Durante os dias da Abrilada estava ele nas corridas de Epsom (...) — bem indiferente aos seus irmãos de Maçonaria, que a essas horas o senhor infante espicaçava a chuço, pelas vielas do Bairro Alto, no seu rijo cavalo de Alter (p. 15).	Reacção miguelista: Abrilada
1825 1826 1827	Mas não esquecia a Inglaterra: — e tornava-lha mais apetecida essa Lisboa miguelista que ele via, desordenada como uma Tunes barbaresca; essa rude conjuração apostólica de frades e boleeiros, atroando tabernas e capelas; essa plebe beata, suja e feroz, rolando do lausperene para o curro, e ansiando tumultuosamente pelo príncipe que lhe encarnava tão bem os vícios e as paixões... (p. 15).	D. Miguel exilado em Viena Morre D. João VI. Regência de D. Isabel Maria. D. Pedro outorga a Carta Constitucional. D. Pedro nomeia D. Miguel regente com obediência à Carta
1828	Tais palavras, apenas soltas, voavam a Queluz. E quando se reuniram as Cortes Gerais, a polícia invadiu Benfica, «a procurar papéis e armas escondidas» (pp. 15-16) (...). E daí a semanas, com a mulher e o filho, Afonso da Maia partia para Inglaterra e para o exílio. (...) Ao princípio os emigrados liberais, Palmela e a gente do «Belfast»,	Regresso triunfal de D. Miguel a Lisboa. Jura a Carta, mas logo depois dissolve as Cortes Constitucionais e convoca os Três Estados do Reino. Belfastada (Palmela, Saldanha, etc.). Emigração liberal.

	Acção d'*Os Maias*	Factos históricos
	ainda o vieram desassossegar e consumir. A sua alma recta não tardou a protestar vendo a separação de castas (...) — os fidalgos e os desembargadores vivendo no luxo de Londres à forra, e a plebe, o exército, depois dos padecimentos da Galiza, sucumbindo agora à fome, à vérmina, à febre nos barracões de Plymouth (p. 16).	
1830	Viera também a herança de um último parente, Sebastião da Maia, que desde 1830 vivia em Nápoles, só, ocupando-se de numismática (...) (p. 7).	Morre D. Carlota Joaquina
1832	[Educação de Pedro da Maia; regresso da família a Lisboa; morte de Maria Eduarda Runa; aparecimento de Maria Monforte e início das suas relações com Pedro da Maia; Afonso da Maia incompatibiliza-se e rompe com o filho]	D. Pedro nos Açores. Desembarque do Mindelo e cerco do Porto.
1834		Convenção de Évora-Monte e fim das lutas liberais
1836		Revolução de Setembro (Passos Manuel)
1842		Ditadura de Costa Cabral
1846		Revolta da Maria da Fonte
1848	Paris estava seguro, agora, com o príncipe Luís Napoleão... Além disso, aquela velha Itália clássica enfastiava-a [M. Monforte] (...) (p. 32)	Segunda República em França (Luís Napoleão)
1851		Início da Regeneração e do fontismo
1858	Longos anos o Ramalhete permanecera desabitado (...). Em 1858 monsenhor Buccarini, núncio de Sua Santidade, visitara-o com ideia de instalar lá a Nunciatura (...) (p. 5).	Reinado de D. Pedro V. Morte da rainha D. Estefânia.
1864		Movimento da Rolinada (rebelião de estudantes de Coimbra contra o governo do Duque de Loulé)
1867	[Crescimento e educação de Carlos da Maia, em Santa Olávia, sob a orientação do avô]	Revolução da Janeirinha, contra a política fiscal do governo

	Acção d'*Os Maias*	Factos históricos
1870	Este inútil pardieiro [o Ramalhete] (como lhe chamava o Vilaça Júnior, agora por morte de seu pai administrador dos Maias) só veio a servir, nos fins de 1870, para lá se arrecadarem as mobílias e as louças provenientes do palacete da família em Benfica (...) (p. 6).	Golpe de Estado falhado de Saldanha
	De repente rebentou a guerra com a Prússia. Mac Gren, entusiasmado, e apesar das súplicas delas [M. Monforte e M. Eduarda], correra a alistar-se no batalhão de zuavos de Charette (...). Ela [M. Eduarda] veio a Paris procurar notícias de Mac Gren; na Rue Royale teve de se refugiar num portão, diante do tumulto de um povo em delírio, aclamando, cantando a «Marselhesa», em torno de uma caleche onde ia um homem, pálido como cera, com um *cache-nez* escarlate ao pescoço. E um sujeito ao lado aterrado, disse-lhe que o povo fora buscar Rochefort à prisão e que estava proclamada a República (p. 511).	Guerra franco-prussiana. Terceira República em França
1871	— Para que te hei-de eu [M. Eduarda] contar o resto? Em Paris recomecei a procurar trabalho. Mas tudo estava ainda em confusão... Quase imediatamente veio a Comuna... (p. 514).	Comuna de Paris
1875	E então Carlos Eduardo partira para a sua longa viagem pela Europa. Um ano passou. Chegara esse Outono de 1875: e o avô, instalado no Ramalhete, esperava por ele ansiosamente (pp. 95-96).	Reinado de D. Luís (desde 1861). Fundação do Partido Socialista Português.
1877	Semanas depois, nos primeiros dias do ano novo, a «Gazeta Ilustrada»	Reinado de D. Luís

	Acção d'*Os Maias*	Factos históricos
	trazia na sua coluna do *High Life* esta notícia: «O distinto e brilhante ***sportman,*** o sr. Carlos da Maia, e o nosso amigo e colaborador João da Ega, partiram ontem para Londres (...)» (p. 688).	
1878	Mas, passado ano e meio, num lindo dia de Março, Ega reapareceu no Chiado. E foi uma sensação! (p. 689).	Reinado de D. Luís. Eleito o primeiro deputado republicano (Rodrigues de Freitas).
1884	[Carlos da Maia em Paris]	Reinado de D. Luís. Conferência Colonial de Berlim.
1886	Nos fins de 1886, Carlos veio fazer o Natal perto de Sevilha, a casa de um amigo seu de Paris, o marquês de Vila Medina(p. 690).	Reinado de D. Luís. Mapa Cor-de-Rosa. Inauguração do monumento dos Restauradores em Lisboa.
1887	Com efeito, Carlos pouco se demorou em Resende. E numa luminosa e macia manhã de Janeiro de 1887, os dois amigos, enfim juntos, almoçavam num salão do Hotel Bragança, com as duas janelas abertas para o rio (p. 690).	Reinado de D. Luís (até 1889). Morre Fontes Pereira de Melo.

5.2. Tempo do discurso

Num ensaio já aqui citado, Jacinto do Prado Coelho descreveu e esquematizou aquilo a que, com propriedade, chamou «a arquitectura do romance» (4); ora essa arquitectura tão complexamente elaborada resulta, em grande parte, do tratamento do tempo da história por parte do discurso. Por outras palavras: a acção dos *Maias*, estendida por um tempo cronológico susceptível de ser datado com relativo rigor nos

(4) Jacinto do PRADO COELHO, «Para a compreensão d'*Os Maias* como um todo orgânico», in *Ao contrário de Penélope*, Lisboa, Bertrand, 1976, pp. 167 ss..

cerca de setenta anos que o integram, não se distribui, ao nível do discurso, de modo ordenado nem uniforme. Bem pelo contrário, as anacronias que alteram a ordem dos factos e as mudanças de ritmo temporal não só são bastante frequentes como passíveis de serem investidas de significados precisos.

5.2.1. Analepses

Vejamos, em primeiro lugar, o que se passa com a ordem temporal. Desde a primeira página do romance, percebe-se que o ano de 1875 com que se inicia o discurso se apoia em tempos muito mais recuados e importantes para se perceber o presente da história, tempos esses que importa recuperar. Quer na referência ao 1858 em que monsenhor Buccarini desejara instalar a nunciatura no Ramalhete (cf. p. 5), quer na alusão ao 1870 em que, no mesmo Ramalhete, se havia arrecadado o recheio do palacete de Benfica (cf. p. 6), quer no que respeita à breve menção a Sebastião da Maia, que vivia em Nápoles desde 1830 (cf. p. 7), quer, finalmente, na descrição dos preparativos para a instalação em Lisboa (cf. pp. 7-10) — e limitámo-nos a respeitar a sequência do discurso — parece perceber-se uma intenção particular no comportamento do narrador: preparar, com estas fugidias evocações, uma **analepse** ([5]) muito mais ampla e profunda.

Essa analepse tem lugar efectivamente logo de seguida; quando afirma que «esta existência (a de Afonso da Maia) nem sempre assim correra com a tranquilidade larga e clara de um belo rio de Verão» (p. 13), o narrador está a remontar a tempos muito anteriores a 1875: a juventude, dita jacobina, de Afonso. E a partir daí, durante cerca de oitenta páginas (mais propriamente, até à p. 95, isto é, durante o resto do capítulo I, nos capítulos II e III e em parte do IV) é realmente a analepse que se encontra instaurada.

Com o movimento retrospectivo que a analepse implica, recupera-se

([5]) Aqui como nas posteriores referências ao tempo do discurso, recorreremos à terminologia sugerida e definida por Gérard GENETTE (*Figures III*, Paris, Seuil, 1972) para análise da problemática do tempo na ficção narrativa.

o tempo vivido pelos antecessores de Carlos da Maia nos quase sessenta anos anteriores: a juventude e exílios de Afonso da Maia, a educação, casamento e suicídio de Pedro, a formação de Carlos, incluindo a sua passagem por Coimbra. Até que:

> E então Carlos Eduardo partira para a sua longa viagem pela Europa. Um ano passou. Chegara esse Outono de 1875: e o avô, instalado enfim no Ramalhete, esperava por ele ansiosamente (pp. 95-96).

Com estas palavras, está recuperado o presente da história, referido já (embora de forma fugidia) nas primeiras linhas do romance.

Mas qual, perguntar-se-á, a função (ou as funções) desta vasta analepse inicial? Antes de mais, ela vem confirmar uma ideia já expressa anteriormente: a de que a história dos Maias é contada em função de Carlos (ou, se se preferir, da sua geração, largamente privilegiada em termos de análise crítica). Assim, todo o passado de uma família, toda uma série de episódios (muitas vezes dramáticos) inseridos nessa analepse servem fundamentalmente para explicar o aparecimento, em Lisboa e em 1875, de uma personagem: Carlos da Maia. Personagem que, por conseguinte, tem atrás dela eventos largamente representativos da configuração mental, cultural e social do século a que pertence; personagem que vai viver, a partir daí, outros acontecimentos não menos representativos nos aspectos referidos e ainda uma intriga de consequências trágicas.

Se esta analepse com que praticamente se inicia o romance é dotada de relevo muito especial pela natureza dos episódios nela representados, não significa isto que ela seja a única importante ao longo do romance. Para além do já referido, o que nela existe de particularmente significativo é o facto de a sua execução se enquadrar no domínio da omnisciência do narrador; caracterizada necessariamente por um rigor incontestável quanto à veracidade dos factos evocados (e isto, como se verá a seguir, não é um pormenor a desprezar), é em função dessa omnisciência que se compreendem as mudanças de ritmo temporal que, como veremos, permitem a concessão de atenção diversificada aos factos referidos. Mas isto não quer dizer que, por ser executada por um narrador omnisciente, essa analepse seja exaustiva: falta nela uma alusão, ainda que superficial, ao passado de Maria Eduarda. Por isso mesmo, é à própria personagem que cabe recuperá-lo.

Não é só, aliás, no caso de Maria Eduarda que a analepse escapa ao controle do narrador. Isso acontece também com Carlos, quando são recordadas as circunstâncias em que ocorreram as confidências de Ega que revelaram ao protagonista o passado dos seus próprios pais (pp. 182-183). Citadas já a propósito da ilustração do espaço psicológico, as recordações de Carlos neste domínio são importantes sobretudo, como se verá, em termos de elaboração subjectiva do tempo.

É, portanto, a analepse processada por Maria Eduarda que mais nos interessa agora. Remontando ao passado do seu nascimento, infância, educação e atribulações pessoais (cf. pp. 506-515) a analepse referida tem como função mais evidente reconstituir a existência já vivida por uma personagem essencial para o desenrolar da intriga. Entretanto, o narrador que, nos capítulos iniciais, se debruçara sobre o passado de Carlos e da sua família concentrara nesse domínio a sua atenção e esquecera acontecimentos ocorridos simultaneamente, mas noutro espaço; por isso mesmo, importa agora reintegrar, na linearidade do discurso, essa parcela do tempo diegético, agora mais do que nunca entendido como tempo pluridimensional.

Mas a que se deve, afinal, o facto de se confiar essa missão a Maria Eduarda, cujo narratário, na altura da narração, é exactamente Carlos? É que, processando-se à revelia do narrador omnisciente, essa narração concretiza-se dentro dos limites do conhecimento pessoal de Maria Eduarda, deste modo transformada em narrador diegético de factos metadiegéticos. E sendo assim, a personagem só pode contar o que sabe acerca de um passado que, em grande parte, desconhece:

> Nascera em Viena: mas pouco se recordava dos tempos de criança, quase nada sabia do papá, a não ser a sua grande nobreza e a sua grande beleza. Tivera uma irmãzinha que morrera de dois anos e que se chamava Heloísa. A mamã, mais tarde, quando ela era já rapariga, não tolerava que lhe perguntassem pelo passado; e dizia sempre que remexer a memória das coisas antigas prejudicava tanto como sacudir uma garrafa de vinho velho... (p. 506).

Ora é justamente porque Maria Eduarda desconhece o drama vivido pelos seus próprios pais (afinal também os de Carlos) que a intriga se pode desencadear tal como a conhecemos. E não intervindo com informações suplementares acerca do passado de Maria Eduarda, o narrador está, assim, por um lado, a confirmar a independência de que gozam as personagens neste romance e, por outro lado, a contribuir para a manutenção do mistério que envolve esse passado. Mistério que se desvendará de forma trágica, a partir das casuais revelações de Guimarães, no capítulo XVI.

Para confirmar esta ideia de que o narrador se mantém à margem deste tipo de analepses altamente implicadas no desenlace da intriga, aí está uma outra, executada de forma algo inusitada: uma carta escrita pelo punho de Maria Monforte; nessas linhas, lidas por Ega perante a estupefacção de Vilaça (cf. p. 636), a já então falecida mãe de Carlos e Maria Eduarda, acaba de esclarecer as circunstâncias em que ocorreram factos anteriores ao presente dos protagonistas, mas extremamente importantes para o seu destino futuro. Com a analepse que a carta constitui, encerra-se, portanto, o ciclo de revelações encetado com a retrospectiva dos capítulos iniciais, ciclo só agora completo, porque só agora estão ligados todos os fios que vêm do passado; um passado que nem por ser aparentemente desconexo e desligado quanto aos seus incidentes e às personagens que os vivem, deixou de conduzir ao presente trágico que a intriga do incesto patenteia.

5.2.2. Redução temporal

Um segundo aspecto da problemática do tempo nos *Maias* é o que se relaciona com o ritmo narrativo assumido pelo discurso. Complemento necessário da questão da ordenação temporal até agora abordada, o ritmo narrativo tem que ver com a diversa valorização a que o discurso narrativo sujeita a história contada. Isto quer dizer que, consoante os factos relatados o sejam de forma mais ou menos demorada, assim serão, respectivamente, mais destacados ou menos realçados. Deste modo, pessoas e eventos rapidamente descritos tenderão necessariamente a ser desvalorizados na sequência natural da história; pelo contrário, aqueles acontecimentos e figuras sobre as quais o narrador se debruce com mais demora, ganharão maior impacto e projecção.

Sintomaticamente, a situação do discurso narrativo nos *Maias* é, a este propósito, praticamente esquemática; com efeito, as zonas da história que antecedem o presente vivido por Carlos a partir de 1875 são, normalmente, objecto de **anisocronias,** isto é, de um tratamento segundo o qual o tempo do discurso é *menor* do que o da história. Pelo contrário, a existência de Carlos em Lisboa (tanto no plano da intriga como no da crónica de costumes) é objecto de uma tentativa de **isocronia,** o que quer dizer que, nessa fase da história, o narrador se esforça para que a duração do discurso seja idêntica à da história. O que importa saber é em que circunstâncias ocorrem estas diferenças de ritmo narrativo e o que as justifica.

A **anisocronia** que em primeiro lugar referimos consuma-se por meio de uma compressão drástica do tempo da história. Sabemos já que o passado de Carlos corresponde a mais de cinquenta anos: os que vão do Afonso da Maia jacobino (cerca de 1820) até à manhã de Outono em que «viu assomar vagarosamente (...) um grande paquete da Royal Mail que lhe trazia o seu neto» (p. 96). Ora esse período tão amplo aparece reduzido, ao nível do discurso, às cerca de noventa páginas que o narram e que coincidem, como já sabemos, com a mais profunda analepse operada no romance.

Em termos técnico-narrativos, verifica-se que o recurso fundamental utilizado pelo narrador na consumação da anisocronia é o **resumo** ou **sumário,** isto é, um tipo de duração do discurso mediante a qual os eventos narrados são comprimidos de forma mais ou menos redutora, mas sempre referidos de modo abreviado. É assim com a juventude e exílios de Afonso (pp. 13-17), com a educação e crises emocionais de Pedro (pp. 17-22) e com os seus primeiros impulsos amorosos (pp. 22 ss.); e é assim também com a representação narrativa da vida do mesmo Pedro com Maria Monforte na atmosfera romântica dos anos 50 (pp. 32-44). O mesmo se passa, aliás, já em vida de Carlos, quer quando se trata de explicar a sua «vocação» para a Medicina (pp. 87-88), quer quando a personagem central nos surge em Coimbra, no luxo já diletante e dispersivo dos Paços de Celas (pp. 89-95).

Mas a redução do tempo da história ao nível do discurso faz-se mais radical ainda noutro caso: naquele em que são pura e simplesmente omitidos períodos mais ou menos longos da história. Recebendo a designação de **elipse,** esse tipo de elaboração discursiva da história sugere, desde logo, uma desvalorização total dos eventos suprimidos que deste modo podem ser apenas suspeitados ou imaginados, mas nunca considerados como elementos fulcrais para a compreensão do significado da obra.

Como é natural, é sobretudo a secção inicial do discurso (mais propriamente os três primeiros capítulos) aquela em que a elipse se manifesta de forma mais significativa. Novamente posto ao serviço da representação de episódios e situações que conduzem à geração de Carlos da Maia, o narrador reduz a extensão da analepse inicial, abdicando de etapas da história julgadas dispensáveis. Assim acontece (de forma ainda atenuada) quando, numa «sombria tarde de Dezembro, de grande chuva» (p. 44), Pedro aparece em Benfica com uma face lívida «onde luzia um olhar de loucura»; ora o fragmento narrativo anterior encerrara-se com estas palavras de Maria Monforte:

— Ainda não — disse ela reflectindo, olhando o seu cálice de Bordéus. — Teu pai é uma espécie de santo, ainda o não merecemos... Mais para o Inverno (p. 44).

Deste modo, verifica-se ter ocorrido, entre os dois momentos referidos, um salto temporal, com o qual se omite a (previsível) intensificação da ligação amorosa de Maria Monforte com Tancredo, consumando-se então a fuga. Confusamente reconstituído por Pedro, esse episódio não goza, porém, da atenção do narrador: é que, mais importante do que ele é a morte de Pedro que vai deixar Carlos só com o avô e disponível para ser, muito mais tarde, envolvido na teia que o destino então começara já a urdir.

Enquanto isso, Maria Monforte desaparece da cena da acção, continuando, porém, nos seus bastidores, uma existência directamente implicada nessa teia. Só que, para que o destino livremente concretize os seus desígnios, o narrador não deve penetrar nos mistérios do percurso biográfico da mãe de Carlos, mistérios esses desvendados só muito mais tarde, quando se atam de novo em Lisboa (nas pessoas de Guimarães e Maria Eduarda) os fios de uma trama tecida nas costas dos Maias ainda vivos.

Mais amplas do que a indicada são as elipses que eliminam períodos temporais vividos pela personagem central. Susceptíveis de serem detectadas pelos vestígios que o discurso patenteia, essas elipses ocultam as transformações profundas que em Carlos se vão processando com a passagem do tempo. Deste modo, quando se inicia o capítulo III, o breve parágrafo de abertura («Mas esse ano passou, outros anos passaram»; p. 53) indica afinal a transposição de vários anos do tempo da história: exactamente os necessários para que a criança de colo que

Pedro levara ao pai no dia do suicídio possa aparecer a Vilaça, em Santa Olávia, «todo esbelto, com as mãos enterradas nos bolsos das suas largas bragas de flanela branca» (p. 54).

E se o narrador não inclui na elipse esse dia de Abril em que Vilaça reencontrou Carlos em Santa Olávia, isso deve-se a um facto de relevo inegável: é que se está precisamente na fase de educação de Carlos, etapa fundamental da sua formação em que importa atentar de modo particularmente demorado, como a seguir veremos.

Mas depois deste episódio (que, no tempo da história, corresponde aproximadamente a um dia) e também após a morte de Vilaça (pp. 84-85), estão criadas as condições para uma nova elipse: assim, «outros anos tranquilos passaram sobre Santa Olávia» (p. 85), isto é, os anos que fazem de Carlos o jovem que completará a sua formação, no ambiente de boémia da Coimbra ainda romântica. E novamente verificamos que a tão relevante questão da maturação intelectual e cultural da personagem não se compadece com a facilidade com que a elipse elimina porções mais ou menos consideráveis do tempo da história; por isso, o narrador detém-se, ainda que brevemente, no resumo da vida do estudante algo desatento que Carlos acaba por ser (pp. 89-95). Só que, como já vimos, apesar de privilegiada, a formação da personagem (nas duas fases citadas, isto é, em Santa Olávia e em Coimbra) não merece cuidados idênticos aos que o romance naturalista ortodoxo aconselhava.

Depois disto, começa praticamente (concluída a viagem pela Europa) a vida de Carlos em Lisboa, uma vida em relação à qual não se processará nenhuma supressão tão significativa como as que observámos. Pelo que adiante teremos que explicar as razões que levam a este indiscutível destaque conferido ao tempo da história vivida pelo protagonista em Lisboa.

Finalmente, é só no capítulo final que a elipse volta a fazer sentir, de forma profunda, os efeitos drasticamente redutores da sua acção. Aí, começam por se ensaiar saltos temporais ainda relativamente tímidos, em comparação com o que depois ocorrerá: é, primeiramente, a viagem de Carlos e João da Ega, que se inicia «semanas depois (da partida de Maria Eduarda), nos primeiros dias de Janeiro» (p. 688); e é, logo a seguir, uma elipse mais cavada, de um ano e meio, quando Ega reaparece no Chiado, «mais forte, mais trigueiro, soberbo de *verve* »(p. 689).

Curiosamente, é o próprio Ega quem parece atingir o sentido profundo que inspira a elipse neste capítulo que se segue à catástrofe trágica. Com efeito, quando diz a Vilaça (comentando os efeitos da tragédia vivida por Carlos) que «com os anos, a não ser a China, tudo na Terra passa» (p. 689), Ega aponta afinal para a erosão existencial e histórica que subjaz às elipses finais; com efeito, embora se não representem demoradamente os eventos subentendidos no tempo abarcado pela elipse, esses eventos não deixam de traçar, nas personagens e na sociedade, os sulcos da sua ocorrência. Ou, por outras palavras: com a elipse o tempo não pára; apenas se omite a representação do desgaste que a sua passagem imprime naqueles que a ele estão sujeitos. E por isso será mais dramático o reencontro com os que foram marcados pelos sinais do fluir dos anos:

> E esse ano passou. Gente nasceu, gente morreu. Searas amadureceram, arvoredos murcharam. Outros anos passaram (p. 689).

Em função do que ficou exposto, não podemos ignorar o relevo de que se reveste esta derradeira elipse: é que, sem ela, não seria possível conferir (como se fará no último capítulo) a adequada dimensão histórica e ideológica ao episódio final, marcado, antes de mais, pelo drama da irreversibilicade do tempo passado.

5.2.3. Isocronia

Se os capítulos inciais dos *Maias* se encontram dominados por um ritmo temporal que tenta comprimir a história, isso não significa que, ao longo do enunciado, essa tendência se confirme. Antes pelo contrário: já no âmbito desses capítulos se verificam tentativas conseguidas (e justificadas) para conferir ao tempo do discurso uma duração idêntica à da história, isto é, para a consumação da **isocronia.**

Isso acontece, de modo especial, em dois episódios: o suicídio de Pedro e a educação de Carlos, acontecimentos dotados de grande impacto na sequência da história. Com efeito, o primeiro corresponde, como se sabe, à criação de um vazio na família dos Maias, o qual permitirá a perda de contacto de Carlos com os pais e, a partir daí, a intriga incestuosa; o segundo realça, desde início, o estatuto de privilégio a que Carlos será elevado no contexto sociocultural em que vive, estatuto esse determinado por uma educação inovadora que, no entanto, nem por isso impedirá a tragédia.

Justamente em função do destaque que caracteriza estas parcelas da história, compreende-se a atitude interpretada pelo narrador: a de afrouxar a velocidade narrativa imprimida ao discurso.

É através desse afrouxamento que se lança uma luz mais intensa e demorada sobre os eventos representados: cria-se, então, a **cena dialogada,** ritmo de enunciação que, mais do que narrativo, é sobretudo dramático, no sentido técnico do termo. Isto significa que (como a designação sugere) se cria, no seio do discurso, uma atmosfera e uma formulação temporal idêntica à da representação teatral, que o mesmo é dizer, idêntica à autêntica duração dos episódios em questão.

Com efeito, uma leitura atenta da ocorrência do suicídio ou do contacto de Vilaça com a educação de Carlos, revela facilmente as qualidades dramáticas de um e de outro; de tal modo, que se justifica, em relação a ambos, a inserção no estatuto do que Henry James chamou «showing», isto é, predomínio do diálogo e da fidelidade temporal, por oposição ao «telling», de dimensão acentuadamente anisocrónica, através da utilização preferencial do resumo. E de facto, especialmente o suicídio de Pedro participa, de maneira particularmente intensa, da dimensão da representação teatral, para o que contribuem, para além do patético presente em toda a cena e nas que a antecedem, diversos elementos conjugados: a fidelidade à fala das personagens traduzida no discurso directo, cujo emprego apenas se interrompe em ocasionais utilizações do discurso indirecto livre a descrição dos cenários que enquadram a acção; a referência pormenorizada à movimentação e ao jogo fisionómico das personagens.

No entanto, a importância da isocronia através do privilégio da cena dialogada expressa-se de modo sistemático sobretudo a partir da altura em que Carlos se embrenha, por um lado, na vida social do seu tempo e, por outro lado, no desenrolar da intriga. E é neste facto que encontramos a explicação fundamental para o desequilíbrio já verificado quanto à duração do discurso, se compararmos as primeiras noventa páginas do romance (que narram cerca de cinco anos de tempo da história) com as cerca de seiscentas páginas seguintes, dedicadas a pouco mais de um ano da vida de Carlos em Lisboa.

É precisamente em função deste abrandamento da velocidade narrativa que se processa a valorização dos episódios vividos no lapso de tempo referido. O jantar do Hotel Central e o episódio das corridas, o sarau do Teatro da Trindade e a visita de Ega à redacção do jornal «A Tarde», estes episódios e os mais que citámos quando analisámos o cenário social dos *Maias* (6), tudo isto (e até o passeio de Carlos em Sintra) é representado com a lentidão e o pormenor que só a cena dialogada faculta; deste modo, o discurso narrativo dos *Maias* privilegia, nestas zonas da história, um ritmo narrativo de tipo isocrónico mediante o qual o tempo do discurso tende a respeitar a duração do tempo da história — exceptuando-se, como é óbvio, as naturais acelerações temporais concretizadas sobretudo entre estes acontecimentos e que se destinam a impedir que o discurso se «eternize» excessivamente.

Do mesmo modo, também a intriga se encontra servida, nos seus momentos fulcrais, especialmente pela cena dialogada. É, com efeito, a duração isocrónica que marca, por exemplo, a visita de Carlos a Rosa (pp. 257 ss.), o encontro em que Carlos declara o seu amor a Maria Eduarda (pp. 409 ss.), as revelações de Guimarães a Ega e as deste a Carlos e ao Avô (pp. 640 ss.), assim como a Maria Eduarda (pp. 683 ss.), etc.. E mesmo nos momentos em que se dinamiza a corrente de consciência das personagens (especialmente Carlos e Ega) podemos continuar a falar de cena dialogada (7); só que, neste caso, há que ressalvar duas características importantes que integram a utilização da corrente de consciência: em primeiro lugar, o discurso interior da personagem é, mais do que um simples monólogo, um diálogo com as suas próprias dúvidas, hesitações e fantasmas pessoais; em segundo lugar, a temporalidade instituída é uma temporalidade psicológica, isto é, aquela a que ainda aqui daremos alguma atenção.

Antes, porém, de o fazermos, impõe-se-nos abordar um outro aspecto da elaboração do tempo pelo discurso narrativo. Referimo-nos à questão da frequência narrativa (8) concretizada ao longo dos *Maias*.

---

(6) Cf. *supra* pp. 57 ss.

(7) Cf., por exemplo, pp. 665 ss..

(8) «Un évènement n'est pas seulement capable de se produire: il peut aussi se reproduire, ou se répéter: le soleil se lève tous les jours. (...) Symétriquement, un énoncé narratif n'est pas seulement produit, il peut être reproduit, répété une ou plusieurs fois dans le même texte (...)» (G. GENETTE, *Figures III*, p. 145).

Neste domínio, o que se verifica é uma adopção francamente preferencial do **discurso singulativo,** isto é, daquele discurso que conta uma vez o que aconteceu uma vez; servido obviamente por um tempo verbal que reflecte a instantaneidade da acção (normalmente o pretérito perfeito e também o presente histórico) o discurso singulativo surge, nos *Maias,* utilizado de modo significativo sobretudo quando vigora a focalização interna da personagem.

Como se sabe, a focalização interna institui uma representação da história comandada pela vivência *in actu* da personagem privilegiada; assim, não se pode assumir, na focalização interna, a distância que se verifica na focalização omnisciente, em que o narrador se afasta dos eventos e os narra numa posição de transcendência. Ora, sendo amplamente privilegiada (como já vimos) a focalização interna, especialmente a partir da instalação de Carlos em Lisboa e seu envolvimento na intriga, não se estranha que também o discurso singulativo predomine largamente ao longo da sintagmática narrativa.

Mas este predomínio da focalização interna não é o único motivo que inspira o privilégio do discurso singulativo, até porque este mesmo discurso se manifesta com frequência também nos capítulos iniciais (I, II e IV) que, como se sabe, são dominados pela omnisciência do narrador e por uma elaboração redutora (elipse e sumário) do tempo da história. O que acontece, porém, é que a modalidade alternativa do discurso singulativo não é compatível, de modo algum, com a focalização interna.

A modalidade alternativa referida é constituída pelo **discurso iterativo,** isto é, aquele discurso que refere uma só vez o que aconteceu várias vezes de modo idêntico; por esta razão, facilmente se compreende que o discurso iterativo seja normalmente servido por um tempo de feição durativa como o imperfeito. Ora, em função do exposto, percebe-se que a elaboração temporal processada pelo discurso iterativo exija uma perspectiva distanciada que esteja em condições de verificar a consumação de factos semelhantes, sintetizando-os de forma económica; e essa perspectiva é precisamente a omnisciente, isto é, a menos privilegiada ao longo do discurso dos *Maias.*

Mas isto não significa, como é evidente, que nunca o discurso iterativo se manifeste ao longo da sintagmática narrativa; isso acontece, porém, não só de modo episódico, mas também em circunstâncias de relevo limitado. Neste aspecto, julgamos poder afirmar serem sobretudo duas as funções que cabem ao discurso iterativo: em primeiro lugar, a introdução de segmentos narrativos em que, logo depois, é instaurada a instantaneidade do discurso singulativo:

> Desde o meado de Outubro, Afonso da Maia falava da sua partida de Santa Olávia, retardada apenas por algumas obras, que começara na parte velha da casa e nas cocheiras (...) (p. 529).

Terminado o parágrafo em que esta ocorrência de discurso iterativo se consuma, está concluída a apresentação do segmento narrativo e o narrador volta ao discurso singulativo:

> Numa dessas manhãs, Carlos, que ficara até tarde com Maria (...) ergueu-se às nove horas, veio à Toca (pp. 529-530).

A segunda função que cabe ao discurso iterativo é a de ocupar momentos de pausa da intriga, ou seja, servir as catálises que se instalam entre as funções cardinais (cf. pp. 365 ss.). Isso acontece, de forma particularmente signficativa, sobretudo num momento da intriga em que está em preparação uma das funções cardinais mais relevantes:

> Todas as manhãs, agora, Carlos percorria o poeirento caminho dos Olivais. Para poupar aos seus cavalos a soalheira, ia na tipóia do «Mulato», o batedor favorito do Ega — que recolhia a parelha na velha cavalariça da Toca, e, até à hora em que Carlos voltava ao Ramalhete, vadiava pelas tabernas (p. 454).

Passada esta breve fase de privilégio do discurso iterativo (que se estende ainda por algumas páginas), ocorrerá o casual encontro de Maria Eduarda com Guimarães (p. 537); localizada entre a consumação do incesto (p. 438) e o encontro citado, a catálise concentrada nas páginas referidas e servida pelo discurso iterativo corresponde sintomaticamente a um tempo de reiteração de acções idênticas, tempo esse que equivale a um período de repouso antes do deflagrar de eventos inesperados e altamente traumatizantes.

De qualquer modo, o discurso iterativo raramente surge nos *Maias* dotado de funções idênticas às que desempenhava, por exemplo, no capítulo VI do *Crime do padre Amaro*: a representação de acções repetidas que, justamente por o serem, arrastam forçosamente a personagem a certos comportamentos, de acordo com um processo de demonstração claramente naturalista, porque insistindo na denúncia de uma relação causa-efeito. Sintomaticamente, os breves momentos em que nos *Maias* se verifica uma utilização do discurso iterativo nestes moldes, correspondem às zonas do romance em que se percebem, com mais clareza, as reminiscências do código naturalista. Estamos a pensar nas referências ao tempo de Pedro da Maia, quando está em causa a sua educação e atitudes habituais (pp. 17-22) e quando se evoca a convivência de Tancredo com Maria Monforte (pp. 43-44). Num caso como no outro, o que a entoação repetitiva do discurso iterativo sugere é o peso de certas premissas (a exagerada insistência em determinadas acções e comportamentos) para explicar consequências afinal previsíveis: a fuga adúltera de Maria Monforte e o suicídio de Pedro da Maia.

5.3. Tempo psicológico

A análise da elaboração do tempo nos *Maias* (como, de um modo geral, no romance post-naturalista) não se completa, no entanto, sem que se considere o tempo psicológico, isto é, o tempo filtrado pelas vivências subjectivas das personagens.

Nos *Maias*, pode dizer-se que é o privilégio do ponto de vista de certas personagens (sobretudo Carlos, mas também Ega) que impõe, desde logo, o concomitante destaque deste aspecto da existência do tempo; deste modo, somos levados, de acordo com as sugestões de Sartre (9), a passar do realismo da subjectividade da personagem ao da temporalidade por ela vivida. Temporalidade sem dúvida esvaziada de rigor, mas justamente por isso investida de uma dimensão humana que é parte mesma da personagem que a vive:

> Carlos e Ega continuaram devagar até ao portão do Cruges. As janelas do primeiro andar estavam abertas, sem cortinas. Carlos, erguendo para lá os olhos, pensava nessa tarde das corridas em que ele viera no faetonte, de Belém, para ver aquelas janelas: ia então escurecendo, por trás dos estores fechados surgira uma luz, ele contemplara-a como uma estrela inacessível... Como tudo passa! (p. 550).

---

(9) Cf. *Qu'est-ce que la littérature*, Paris, Gallimard, 1970, p. 371.

O que significa esta reflexão da personagem? Significa que, para a personagem, não interessa verdadeiramente o tempo cronológico exacto decorrido desde a tarde das corridas; mais do que esse, importa especialmente o tempo do desgaste psicológico e da evolução sentimental, isto é, o tempo assumido interiormente. Mas o desgaste a que nos referimos ganha um relevo muito mais acentuado quando estão em causa acontecimentos de grande importância para quem os vive ou viveu. Com efeito, é sistematicamente em função das suas relações pessoais com o passado que a personagem sente o decorrer do tempo.

Isto mesmo pode verificar-se quando Carlos, reflectindo acerca do passado de seus pais, o encara «como o episódio de uma velha crónica de família», sobretudo porque esse passado ocorrera «havia vinte e tantos anos, numa sociedade quase desaparecida» (p. 183). O que quer dizer que, mantendo laços muito ténues com o tempo perdido, a personagem não pode deixar de o sentir como tempo ainda mais recuado e apenas difusamente vislumbrado e sentido.

Noutras circunstâncias, o tempo passado dilui-se porque o presente surge carregado de uma tal densidade dramática que a personagem chega a desvalorizar quase totalmente eventos já decorridos e agora esvaziados de qualquer significado. Isso acontece, de modo particularmente intenso, nos momentos em que a intriga se aproxima do seu desenlace trágico:

> O criado entrou com a bandeja — e Carlos, de pé junto da mesa, remexendo o açúcar no copo, recordava, sem saber porquê, aquela tarde em que a condessa, pondo-lhe uma rosa no casaco, lhe dera o primeiro beijo; revia o sofá onde ela caíra com um rumor de sedas amarrotadas... Como tudo isto era já vago e remoto (p. 655).

Mas não é só tendo em conta factos implicados no desenrolar da intriga que a projecção do tempo na subjectividade da personagem se manifesta um elemento fundamental para a compreensão do significado dos *Maias*. Também no que respeita à minudente representação do cenário social se percebe que a relação subjectiva da personagem central com esse cenário se salda em termos de vivência psicológica do tempo.

Com efeito, é fácil perceber que o tempo de dispersão e ociosidade que Carlos experimenta de maneira cada vez mais nítida deriva directamente dos seus contactos com a Lisboa social com que se defronta. E aqui encontramos mais uma explicação para o privilégio que, quanto à duração, verificámos ser próprio desse tempo. Assim, se os diversos episódios em que se enquadra a intriga são quase sistematicamente representados em cena dialogada, isso acontece porque só desse modo o tempo parece «alongar-se» consideravelmente; e só assim, pela imposição antes de mais à personagem (e também, por vezes, ao próprio leitor), de uma sensação de arrastamento temporal e monotonia, se atinge um significado fundamental na elaboração do tempo psicológico: é que, sendo para a personagem de desgaste e amolecimento o tempo dessa vivência social, uma tal temporalidade sugere a própria erosão da sociedade que assim irreversivelmente envereda pelo declive da decadência.

A erosão a que nos referimos só será devidamente expressa e apreendida por Carlos (e também por Ega) no episódio final, então, como veremos, no contexto de alusões históricas e ideológicas de grande densidade. E isto justamente porque não estão em causa, nesse momento, apenas os dez anos objectivos em que Carlos esteve fora de Portugal; mais do que esse tempo, é significativo especialmente o tempo psicológico cujas leis se evidenciam, de modo particular, quando Carlos e Ega visitam o Ramalhete abandonado. Aí, é sobretudo a nostalgia do tempo perdido que em ambos se instala, por exemplo, quando Ega recorda «a alegre casa dos Olivais (...), as belas noites de cavaco, os jantares, os foguetes atirados em honra de Leónidas... Como tudo passara!» (p. 708).

Mas é na contemplação do próprio cenário físico que enquadra o Ramalhete que essa nostalgia se manifesta com toda a intensidade, conjugando-se com um sentimento cada vez mais nítido de amargo pessimismo:

> Ega sentara-se também no parapeito, ambos se esqueceram num silêncio. Em baixo o jardim, bem areado, limpo e frio na sua nudez de Inverno, tinha a melancolia de um retiro esquecido, que já ninguém ama; uma ferrugem verde, de humidade, cobria os grossos membros da Vénus Citereia; o cipreste e o cedro envelheciam juntos, como dois amigos num ermo; e mais lento corria o prantozinho da cascata, esfiado saudosamente, gota a gota, na bacia de mármore. Depois ao fundo, encaixilhada como uma tela marinha nas cantarias dos dois altos prédios, a curta paisagem do Ramalhete, um pedaço de Tejo e monte, tomava naquele fim de tarde um tom mais pensativo e triste: na tira de rio um paquete fechado, preparado para a vaga, ia descendo, desaparecendo logo,

como já devorado pelo mar incerto; no alto da colina o moinho parara, transido na larga friagem do ar; e nas janelas das casas, à beira da água, um raio de sol morria, lentamente sumido, esvaído na primeira cinza do crepúsculo, como um resto de esperança numa face que se anuvia (p. 710).

Para além do sentido geral de abandono e dispersão que domina o jardim, o que este fragmento subtilmente sugere é a própria vivência, por parte das personagens em atitude contemplativa, do pressentimento da decadência e da morte que se lhe segue. Esse pressentimento expressa-se a partir das referências ao espaço do jardim: é «a melancolia do retiro esquecido», isto é, de certo modo extinto; é a «ferrugem verde» que corrói o símbolo (Vénus Citereia) de um amor (o de Maria Eduarda) definitivamente perdido; é a presença do cipreste, árvore sombria por excelência, que conota a ideia da morte; é o cedro, cujo porte imponente e majestoso (tal como o dos Maias de outrora e o do próprio Portugal passado) parece irremediavelmente contaminado pela companhia fúnebre do cipreste e pela condenação ao envelhecimento; é o próprio «prantozinho da cascata, esfiado saudosamente», como se necessário fosse anunciar o desgosto e a amargura perante as indeléveis marcas deixadas (nas coisas e nas pessoas) pelo fluir irrefreável do tempo.

Mas, logo de seguida, o quadro alarga-se: e dos domínios dos Maias passa-se ao mais amplo cenário da capital, que é, em certo sentido, o do coração da nacionalidade. E o tom geral de pessimismo e melancolia confirma-se em função do próprio «tom mais pensativo e triste» assumido pela paisagem. Assim, entende-se como imagem de destruição inevitável o paquete que desaparece ao longe «como já devorado pelo mar incerto»; como símbolo do estatismo e rigidez da morte o moinho parado, símile, por outro lado, de um relógio (logo, de um tempo) detido na sua marcha; e, como nova e sugestiva imagem de decadência, a passagem do dia para a noite, isto é, da vida à morte, esta última representada na própria morte do raio de sol («um raio de sol morria») e na «cinza do crepúsculo».

A partir desta atmosfera geral de dispersão, nostalgia e amargura, vivida e, em grande parte, criada pela vivência subjectiva do tempo, compreende-se cabalmente a emoção que se desprende de uma exclamação de Carlos; uma exclamação que vem, afinal, confirmar como a personagem tem possibilidade de valorizar um certo tempo quando subjectivamente assumido:

> É curioso! Só vivi dois anos nesta casa, e é nela que me parece estar metida a minha vida inteira (p. 714).

5.4. Síntese

Tempo	Tempo da história	Marcos cronológicos	1820-1822 (Juv.de de Afonso)
			1875-1877 (Carlos em Lisboa)
			1887 (Regresso de Carlos)
		Acção dos *Maias*	
		Factos históricos	
	Tempo do discurso	Analepse (pp. 5-10, 13-95, 182-183, 506-515)	
		Redução temporal	Sumário (pp. 13-44, 87-95)
			Elipse (pp. 44, 53, 85, 688, 689)
		Isocronia: cena dialogada (pp. 44-52, 53-83, 157 ss., 257 ss., 409 ss., 640 ss.)	
	Tempo psicológico (pp. 183, 550, 655, 708-710)		

6. IDEOLOGIA

A análise da problemática ideológica dos *Maias* inscreve-se, no domínio deste ensaio de intuitos introdutórios, como reflexão de cúpula, apoiando-se necessariamente em muito do que até agora ficou escrito. Isto quer dizer que os significados fundamentais do romance, eventualmente evocados de forma dispersa ao longo dos capítulos anteriores, serão agora retomados e inseridos nas coordenadas ideológicas fundamentais que norteiam a obra.

Como é evidente, o estudo desta faceta dos *Maias* não pode ignorar o lastro ideológico que subjaz ao Naturalismo, em relação ao qual o romance se situa numa posição de ruptura, embora revele ainda (como diversas vezes foi observado) episódicos reflexos da estética naturalista. Ora o Naturalismo sustenta-se ideologicamente no Positivismo; e este, como se sabe, assenta na recusa sistemática de qualquer forma de idealismo, no primado dos factos minuciosamente observados e experimentados, na procura de leis que expliquem as relações entre os fenómenos, as suas causas materiais e as regras da sua evolução; a curto prazo, o Positivismo, inspirado e dominado por uma certa euforia científica, acaba por aspirar ao conhecimento da origem e evolução do Homem integrado num Universo globalmente apreendido e susceptível de ser por ele aperfeiçoado.

Resta saber, portanto, se *Os Maias* aceitam ainda, na sua totalidade, este sistema de normas [1] ou se sugerem, pelo contrário, uma

[1] Esta formulação do conceito de ideologia apoia-se nas palavras de Guy ROCHER que a encara como «um *sistema de ideias e de juízos, explícita e genericamente organizado, que serve para descrever, explicar, interpretar ou justificar a situação de*

fundamentação ideológica de natureza distinta. Para o sabermos teremos que considerar três questões de crucial importância: aquilo a que chamaremos os processos conotativos de expressão ideológica, o estatuto ideológico do narrador e da personagem central e a ideologia do trágico.

6.1. Processos conotativos de expressão ideológica

Por **processos conotativos de expressão ideológica** entendemos o recurso a determinados signos estético-literários, não só enquanto investidos das funções que lhes são específicas habitualmente, mas também enquanto susceptíveis de remeter, pela sua simples utilização, a certos vectores ideológicos precisos. Em última análise, trata-se daquilo a que Hjelmslev chama **semiótica conotativa** (2), quando sugere que um signo integrado num sistema de relações expressão/conteúdo pode tornar-se em significante de outro signo (de alcance mais vasto) pertencente a um segundo sistema que, neste caso, será o ideológico.

Comentando esta noção, Roland Barthes (3) esquematiza-a do seguinte modo:

SIGNO

<table>
<tr><td colspan="2">SIGNIFICANTE</td><td rowspan="2">SIGNIFICADO</td></tr>
<tr><td>Significante</td><td>Significado</td></tr>
</table>

SIGNO

No caso particular da expressão da ideologia nos *Maias*, trata-se de considerar que alguns dos recursos técnico-formais a que anteriormente fizemos referência (por exemplo, a focalização interna) cum-

um grupo ou de uma colectividade e que, inspirando-se largamente em valores, propõe uma orientação precisa à acção histórica desse grupo ou dessa colectividade» (*Introduction à la sociologie générale:* 1. *L'action sociale*, Paris, Éditons HMH, 1968, p. 127).

(2) Cf. L. Hjelmslev, *Prolégomènes à une théorie du langage*, Paris, Les Éditions de Minuit, 1971, pp. 144 ss.

(3) R. Barthes, «Éléments de sémiologie», in *Communications*, 4, Paris, 1964, p. 130.

prem a função de significantes em relação aos significados ideológicos que a obra compreende.

É nesta ordem de ideias que se nos impõe, antes de mais, comentar o tipo de caracterização a que se submete a personagem central, isto é, a **caracterização indirecta** (4). Mais do que o seu modo particular de elaboração (ausência de um segmento narrativo dominado pela omnisciência do narrador e dedicado à sistemática abordagem das características psicológicas, morais, sociais e físicas da personagem), a caracterização indirecta sugere também uma viragem ideológica muito significativa: a que abdica da convicção de que a pessoa humana pode ser dissecada e definitivamente conhecida nos seus meandros mais íntimos e nas suas motivações existenciais mais profundas.

Mas esta sugestão ideológica (de pendor inegavelmente anti-positivista) confirma-se em função do privilégio indiscutível da **focalização interna** (5) ao longo do romance. Significando, em primeira instância, a imposição da visão particular de personagens inseridas na história e, concomitantemente, da sua subjectividade, a focalização interna aponta também numa outra direcção ideológica: a do privilégio do particular sobre o geral.

Se bem que atenuada pelo recurso, em certas zonas do romance, à focalização omnisciente (6), a focalização interna remete também, com efeito, a uma certa descrença nos vectores ideológicos positivistas que informavam o Naturalismo: trata-se, neste caso, de afirmar indirectamente uma espécie de crise de confiança num conhecimento unívoco e exaustivo dos eventos observados, conhecimento esse pretendido nos romances em que a omnisciência do narrador domina o discurso narrativo. Nos *Maias,* pelo contrário, o que parece insinuar-se é a noção de que os fenómenos não se conhecem de forma definitiva, mas sempre de modo subjectivo e variável, de acordo com as ópticas particulares (na circunstância, sobretudo as de Carlos e João da Ega) que os dimensionam. Ou, se quiséssemos alargar a questão, o princípio de que da realidade se apreendem apenas os modos de a conhecer, os pontos de

---

(4) Cf. *supra,* pp. 37-38.

(5) Cf. *supra,* pp. 108 ss..

(6) Cf. *supra,* pp. 105-108. Recorde-se que até mesmo a focalização omnisciente se executa, neste romance, de modo nem sempre pleno, por razões impostas pela própria economia interna da obra (cf. *supra,* p. 98).

vista que a configuram e deformam, mas não essa mesma realidade em si, na sua totalidade orgânica e nas suas causas irrecusáveis. O que representa, sem dúvida, um recuo da euforia cientifista que dominava o romance experimental ortodoxo.

Idêntico recuo se pode deduzir de certos aspectos da elaboração do tempo, nomeadamente o que diz respeito à expressão do **tempo psicológico** (7). Neste caso, como se viu, o tempo psicológico mais não faz do que corroborar o vector ideológico sugerido pela imposição da subjectividade de certas personagens; só que, quanto a este domínio, é mais evidente ainda a crise de afirmação de categorias absolutas e rigorosamente definidas. E isto porque o tempo cronológico define-se como tempo susceptível de ser fixado matematicamente; ora a imposição do tempo psicológico, recusando a objectividade e rigidez daquele, reafirma o primado da subjectividade e, portanto, a descrença em formas de conhecimento irrecusáveis.

Uma outra faceta dos *Maias* particularmente apta a sugerir uma ideologia anti-positivista é a independência dos dois **níveis de acção** (intriga e crónica de costumes) que o romance patenteia. Cremos ter ficado demonstrado no capítulo dedicado à acção que efectivamente o incesto e as suas consequências não se processam de acordo com qualquer causa social, educacional ou cultural. Verdadeiramente a intriga explica-se por força de desígnios de natureza trágica, que fazem com que o nível da crónica de costumes lhe seja praticamente indiferente (8); ora por força deste facto, encontra-se abolido o processamento de feição causalista e determinista (sociedade → intriga) que caracterizava o romance experimental de inspiração positivista. E se é verdade que, no que concerne a outros âmbitos particulares da diegese (como, por exemplo, o diletantismo de Carlos e a sua ociosidade) se mantém ainda desperta uma certa reminiscência da influência do meio social sobre a

---

(7) Cf. *supra*, pp. 145-149.

(8) É curioso verificar que, no contexto da acção, deparamos com a demarcação nítida de fronteiras entre os dois domínios da história referidos. Repare-se que a intriga se desencadeia com o primeiro encontro de Carlos com Maria Eduarda (pp. 156-157), isto é, *antes* do jantar do Hotel Central e *fora* da sala do mesmo; de modo idêntico, as revelações de Guimarães a Ega (outro momento fulcral da intriga; cf. pp. 615 ss.) ocorrem *depois* (e *fora*) do sarau do Teatro da Trindade. Como se houvesse a preocupação de evidenciar que intriga e vida social têm existências autónomas, com fronteiras (a começar pelas físicas) bem definidas.

personagem, isso não se verifica quanto às relações globais da intriga com o cenário sociocultural que a envolve. Pelo que, ainda neste aspecto, encontramos nos *Maias* uma clara negação ideológica do funcionamento mecânico que fazia da intriga uma consequência obrigatória de premissas materiais. Razão suficiente para, em local de maior destaque, dissecarmos devidamente o lastro ideológico que subjaz ao pendor trágico próprio do incesto dos *Maias;* o que, no entanto, só pode ser feito depois de analisarmos a ideologia do narrador e da personagem mais relevante da obra.

6.2. Ideologia do narrador e da personagem central

Se até agora nos limitámos a interpretar certas características técnico-formais como expressão conotativa da ruptura com uma ideologia de feição positivista, isso não significa que se não afirmem alternativas ideológicas precisas; essas alternativas encontram-se formuladas precisamente nas atitudes subjectivas interpretadas pelo narrador em relação a diversos âmbitos da diegese, entre os quais se destaca a personagem central. É justamente por isso que teremos que considerar o tipo de relações por esta sustentado com o narrador e o grau de adesão ideológica que entre ambos se verifica.

6.2.1. Narrador

Se pretendêssemos descortinar, nos *Maias,* um fragmento narrativo em que a subjectividade do narrador manifestasse, de modo sistemático, uma atitude francamente elogiosa em relação à personagem central, um tal desígnio acabaria por ficar parcialmente frustrado. E isto especialmente por força da caracterização adoptada que, atribuindo à personagem central um modo eminentemente dinâmico de definição dos seus atributos pessoais, inviabiliza, em grande parte, a expressão directa da subjectividade do narrador. O que não impede que, em relação a dois âmbitos da existência de Carlos, essa subjectividade se exerça de modo explícito: trata-se do aspecto físico (pp. 96 e 252), em que o juízo do narrador se revela extremamente positivo, e do pendor dilettante (pp. 128 e 187), em relação ao qual o sujeito da enunciação adopta uma posição de reprovação moderada. Com efeito, se é certo que a actividade superficialmente cultural de Carlos é constituída por hábitos de luxo que «o *condenavam* ao diletantismo» (p. 187) (9), também é certo que o narrador se preocupa em justificar e desculpar esse tipo de comportamento; e então (manifestando os resíduos de raciocínio naturalista a que já fizemos referência), é atribuída ao meio a responsabilidade por este aspecto negativo da vida do herói da história: é a inveja dos colegas que «percebendo-lhe (umas) migalhas de clientela, começavam a dizer "que o Maia era um asno"» (p. 129); é a provinciana reacção do ambiente profissional que rodeia Carlos, incapaz de aceitar propostas inovadoras como a que previa «a prevenção das epidemias pela inoculação dos vírus» (p. 187). Tudo servindo como que para atenuar o que há de negativo no alheamento e ociosidade a que, a pouco e pouco, é conduzida a personagem central.

Mas também de modo indirecto é possível deduzir a posição do narrador perante Carlos. Com efeito, se a educação de Eusebiozinho merece, como já vimos, uma reprovação franca (pp. 68-69) (tal como, aliás, acontecera com idêntico aspecto da existência de Pedro da Maia (p. 18)), não é difícil admitir o oposto em relação a Carlos; porque se a educação deste está nos antípodas da do Silveirinha — tal como o sugere a visão de Vilaça no capítulo III — será lógico que essa educação mereça a preferência do narrador, ainda que não explicitamente formulada.

Não é só, todavia, perante a personagem central dos *Maias* que a expressão (directa ou indirecta) dos juízos do narrador se revela significativa, no que respeita à clarificação das suas opções ideológicas; também com outras personagens isso se verifica. Deste modo, se o narrador manifesta normalmente uma atitude de simpatia relativamente a figuras como Afonso da Maia, João da Ega e Craft (10), não podemos deixar de atribuir a esse facto um peso considerável, em função do que cada uma delas significa: se com Afonso da Maia estamos

---

(9) O itálico é nosso.

(10) No nosso *Estatuto e perspectivas do narrador na ficção de Eça de Queirós* (Coimbra, Liv. Almedina, 1975, pp. 225 ss.), desenvolvemos esta matéria, apoiando-a em passagens do texto elucidativas a este propósito.

com a verticalidade moral e a coerência ideológica, Ega identifica-se com o ineditismo, a rebeldia de conotações satânicas e o sarcasmo constante relativamente ao cenário social em que se movimenta; por sua vez, Craft é, de certo modo, um prolongamento cultural de Carlos, se tivermos em conta a sua origem britânica e a afinidade de gostos que sustenta com a personagem central.

Por outro lado, personagens como Eusebiozinho e Dâmaso merecem, da parte do narrador, uma reacção de franca rejeição; o que confirma, afinal, a atitude interpretada em relação às personagens anteriormente citadas, se tivermos em conta que as que agora nos ocupam coincidem com o que de mais vicioso, degradado e irrisório se manifesta na acção social dos *Maias*. Tenha-se em conta, a este propósito, o longo fragmento (pp. 188-189) em que é comentado o comportamento de Dâmaso para com Carlos e facilmente se compreenderá o que afirmamos; nada mais elucidativo, com efeito, do que afirmar, por exemplo, que «as suas perguntas (a Carlos) foram terríveis» (p. 188) ou do que dizer que Dâmaso se vinha «colar à ilharga do Maia» e «segui-lo de sala em sala como um rafeiro» (p. 189).

Mas o momento em que surgem com maior clareza as sugestões ideológicas do narrador corresponde precisamente a uma sua reflexão acerca do Naturalismo. Formulada como comentário prolongado (pp. 162-163) suscitado no contexto da representação (pela óptica de Carlos) do jantar do Hotel Central, essa reflexão debruça-se sobre a oposição Naturalismo/Ultra-Romantismo; e se é clara em relação a este último (corporizado nas poses enfáticas de Alencar) a posição crítica que caracteriza o narrador, não é menos clara a atitude de recusa de uma estética (a naturalista) da qual se diz ser constituída por «*rudes* análises, apoderando-se (...) de todas as coisas santas, dissecando-as *brutalmente* e mostrando-lhes a lesão *como a cadáveres* num anfiteatro» (p. 162) [11]. Qual então a opção do narrador? Precisamente a que é denunciada pela preferência por «estilos novos, tão preciosos e tão dúcteis» (justamente o que ao Naturalismo menos interessava [12]), ou seja, a que aponta para uma estética de conota-

---

(11) Os itálicos são nossos.

(12) Recorde-se o que Zola afirmava a respeito da feição estilística do romance naturalista: «Estamos actualmente apodrecidos de lirismo, pensamos erroneamente que o grande estilo é feito de um desvario sublime; o grande estilo é feito de lógica e de clareza» (*Le roman expérimental*, Paris, Garnier-Flammarion, 1971, p. 93).

ções parnasianas, seduzida pelos valores puramente formais da Arte pela Arte. O que, pelo carácter explícito da formulação citada, ganha um peso indubitavelmente mais significativo do que as episódicas reminiscências da estética naturalista agora formalmente posta em causa.

6.2.2. Personagem central

Se rapidamente passarmos em revista os mais expressivos juízos de valor expressos pela personagem central, facilmente perceberemos a sua proximidade em relação aos do narrador.

Começando pelo último aspecto acima abordado (a posição interpretada para com a estética naturalista), verifica-se que, exactamente no episódio em que o narrador exprime o seu distanciamento do Naturalismo, também Carlos o faz; com efeito, não aceitando embora as opções estéticas ultra-românticas (recorde-se a caricatura de Alencar e consequente ilustração subjectiva propiciada pelo ponto de vista de Carlos ([13])), a personagem central não perfilha também as teses extremistas de João da Ega:

> Ega, horrorizado, apertava as mãos na cabeça — quando do outro lado Carlos declarou que o mais intolerável no realismo eram os seus grandes ares científicos, a sua pretensiosa estética deduzida de uma filosofia alheia, e a invocação de Claude Bernard, do experimentalismo, do positivismo, de Stuart Mill e de Darwin, a propósito de uma lavadeira que dorme com um carpinteiro! (p. 164).

Sintomaticamente, nesta mesma ocasião esboça-se uma outra coincidência de opiniões e preferências estéticas, importante também neste contexto: referimo-nos à «comunidade de gostos que (...) começava a ligar» (p. 171) Carlos e Craft. E a partir de então essa coincidência não deixará de se reforçar, como resultado sobretudo de uma formação cultural em ambos os casos plasmada por moldes britânicos.

Se Carlos manifesta, na polémica literária do Hotel Central, uma posição acentuadamente crítica no que respeita às teses literárias de

---

([13]) Cf. *supra*, pp. 115-116

Ega, isso não indicia, de modo algum, uma atitude de rejeição da personagem em si — até porque esta nem sempre sustenta coerentemente as referidas teses. Com efeito, o que fundamentalmente Ega representa para Carlos é o companheiro constante, confidente insubstituível dos momentos de maior tensão emocional, como o comprova o seu papel de adjuvante no desenrolar da intriga. E a adesão afectiva de Carlos relativamente a Ega é confirmada no próprio enunciado, quando se expressam, em diversas circunstâncias, os vestígios de uma subjectividade irrefreável:

> Foi uma dessas manhãs que preguiçando assim no sofá com a «Revista dos Dois Mundos» na mão, ele ouviu um rumor na antecâmara, e logo uma voz bem conhecida, bem querida, que dizia por trás do reposteiro:
> — Sua Alteza Real está visível? (p. 104).

Mas é sobretudo com Afonso da Maia que a subjectividade de Carlos afirma uma atitude dominada por juízos de valor abertamente positivos. E esses juízos de valor tornam-se particularmente importantes, no plano ideológico, por duas razões. Em primeiro lugar, porque Afonso constitui, como observámos já, um modelo de virtudes que Carlos não encontra repetido no panorama social em que se movimenta; em segundo lugar, porque, mesmo nos momentos de maior perturbação, essa imagem de integridade não se desvirtua perante a visão da personagem central. Assim acontece, de modo particularmente relevante, quando Carlos, depois da consumação do incesto consciente, é atormentado pelo remorso que provoca uma global perturbação emocional:

> Defronte do Ramalhete os candeeiros ainda ardiam. Abriu de leve a porta. Pé ante pé, subiu as escadas ensurdecidas pelo veludo cor de cereja. No patamar tacteava, procurava a vela, quando, através do reposteiro entreaberto, avistou uma claridade que se movia no fundo do quarto. Nervoso, recuou, parou no recanto. O clarão chegava, crescendo; passos lentos, pesados, pisavam surdamente o tapete; a luz surgiu — e com ela o avô em mangas de camisa, lívido, mudo, grande, espectral (p. 667).

Diminuído pela sensação de culpa que o atinge, Carlos vê no avô, para além do prenúncio da proximidade da morte indiciada nos adjectivos «lívido» e «espectral», uma imagem de grandeza («grande»); grandeza sobretudo moral, intensificada pela reprovação muda que a personagem central percebe no derradeiro e dramático contacto com Afonso da Maia. E a subjectividade da focalização de Carlos, expressa já depois da morte do avô, mais não faz do que confirmar amplamente essa admiração a um tempo respeitosa e intimidada: é o que ocorre quando, sob a visão de Carlos, se alude ao corpo que, «mais velho do que o século, resistira tão formidavelmente, como um grande roble, aos anos e aos vendavais» (p. 669); o mesmo se verifica quando, «com o jaquetão de veludilho, os seus grossos sapatos brancos, Afonso parecia mais forte e maior» (p. 671); e também quando, ainda sob a impressão do ponto de vista de Carlos, se diz que «ao deitarem-no, uma das mãos ficara-lhe aberta e posta sob o coração, na simples e natural atitude de quem tanto pelo coração vivera!» (p. 671).

Mas se os juízos da personagem central coincidem com o narrador na apreciação favorável a que se submetem as três personagens referidas, o mesmo se passa nos julgamentos desfavoráveis. Exemplos gritantes dessa coincidência são as imagens que a visão de Carlos constitui quando incide sobre personagens como Eusebiozinho e Dâmaso. A propósito do primeiro, conhecemos já os resultados, ao nível da expressão subjectiva, de um dos variados contactos que com ele Carlos estabelece ([14]); no que respeita ao segundo, bastará recordar a impressão de repulsivo desagrado que em Carlos causam, por exemplo, as impertinentes relações de Dâmaso com Maria Eduarda, para já não falar no episódio do artigo da «Corneta do Diabo» (cf. pp. 266, 373 ss. e 530 ss.).

Eusebiozinho e Dâmaso Salcede são, porém, personagens particulares (dotadas, embora, de um grau de representatividade já evidenciada) num vasto contexto social que não escapa também ao julgamento de Carlos, com todas as consequências que, no plano ideológico, desse julgamento se podem extrair. Neste aspecto, ganham crucial relevo os acontecimentos de ampla movimentação de tipos e de representação de costumes; cite-se, a este propósito, (e para além, entre outros, do já diversas vezes referido jantar do Hotel Central) o episódio das corridas. Não é difícil perceber em Carlos um juízo claramente depreciativo, inspirado pela vigência do seu ponto de vista que abarca especialmente a monotonia, a falta de motivação e de vita-

---

([14]) Cf. *Os Maias*, pp. 225-226 e *supra*, pp. 117-118

lidade colectiva (cf. pp. 312 ss.) e o falhanço estrondoso daquele penoso esforço de ostentação cosmopolita, falhanço esse visivelmente ilustrado pela desordem que desmancha «a linha postiça de civilização e a atitude forçada de decoro...» (p. 325). E o que esse juízo desfavorável significa é uma posição reticente e desiludida perante esquemas e atitudes sociais defluentes de uma determinada situação histórica (a do Liberalismo post-regenerador) que evidenciava os sinais da sua decadência. Decadência que com mais nitidez ainda se patenteia no episódio final.

Antes, porém, de a ele passarmos, queremos acentuar que a verificada afinidade de juízos que caracteriza as relações do narrador com a personagem central é susceptível de conduzir, sem dificuldade, a uma conclusão: a de que Carlos representa, em grande parte, uma «voz» crítica que não se expressa apenas por si, mas também por aquilo que pensa e sente o narrador a respeito do cenário social dos *Maias* e do momento histórico em que se projectam os eventos narrados. E é justamente no regresso a Lisboa, interpretado no capítulo final do romance, que essa «voz» crítica ganha uma dimensão mais profunda.

Recorde-se que o passeio de Carlos (e Ega) representado nas derradeiras páginas do romance tem lugar depois de dez anos de ausência; isto é, depois de um lapso de tempo suficiente para acentuar a decadência anteriormente observada e suficiente também para refinar a contextura ideológica do protagonista da história e os consequentes juízos de valor que dessa contextura defluem.

De novo confrontado com o espaço da capital — espaço físico e social — Carlos começa por se aperceber da atmosfera de estagnação que parece envolver a estátua de Camões:

> Estavam no Loreto; e Carlos parara, olhando, reentrando na intimidade daquele velho coração da capital. Nada mudara. A mesma sentinela sonolenta rondava em torno à estátua triste de Camões. Os mesmos reposteiros vermelhos, com brasões eclesiásticos, pendiam nas portas das duas igrejas. O Hotel Aliança conservava o mesmo ar mudo e deserto. Um lindo sol dourava o lajedo: batedores de chapéu à faia fustigavam as pilecas; três varinas, de canastra à cabeça, meneavam os quadris, fortes e ágeis na plena luz. A uma esquina, vadios em farrapos fumavam; e na esquina defronte, na Havanesa, fumavam também outros vadios, de sobrecasaca, politicando (p. 697).

Nesta descrição, carregada de sugestões simbólicas, retoma-se uma relação contrastiva já expressa no final do *Crime do padre*

Amaro [15]: se a estátua de Camões representa o Portugal passado, um tempo histórico de florescimento e epopeia, os vadios, os políticos ociosos («outros vadios, de sobrecasaca, politicando...») e a «sentinela sonolenta» representam o Portugal do presente, a época do liberalismo frustrado e da crise de identidade nacional. E da estagnação já referida (sintomaticamente traduzida na insistência no deíctico «mesmo(a)») nasce um contraste entre os dois tempos, contraste de efeitos depressivos do qual resulta necessariamente um sentimento de pessimismo experimentado pelas duas personagens em cena e simbolicamente reflectido na tristeza («estátua triste») do épico.

Logo de seguida, porém, Carlos tem oportunidade de verificar que, se evolução houve no cenário que se lhe depara, ela processou-se no sentido negativo. De facto, o Dâmaso que Carlos deixara dez anos antes em Lisboa está agora «barrigudo, nédio, mais pesado» (p. 697); tal como, mais adiante, reaparecerá Eusebiozinho «mais fúnebre, mais tísico, dando o braço a uma senhora muito forte» (p. 705).

Mas a relação contrastiva neste episódio estabelecida não opõe apenas o Portugal presente ao passado; uma outra acaba por ser exercida, visando duas facetas do Portugal visto por Carlos. Assim acontece quando o protagonista contempla um aspecto novo da capital: o monumento dos Restauradores que substituíra o Passeio Público de memória romântica (cf. pp. 701-702). Só que esse monumento, pretendendo simbolizar um esforço de renovação nacional vivido a partir de 1640, acaba por representar apenas uma tentativa frustrada, porque o cenário que o envolve desmente a restauração evocada: são os «hirtos renques de casas ajanotadas» (e no adjectivo «hirtos» concentram-se conotações que remetem à rigidez da morte), lembrando a Carlos o provincianismo de um «catitismo domingueiro» afinal não superado; é o «arzinho tímido e contrafeito» de «toda uma geração nova e miúda que Carlos não conhecia»; é o aspecto deprimente de «uma criatura adoentada, de lenço e xale, (que) tomava o sol»; são, finalmente, «os terrenos de Vale de Pereiro, (que) punham um brusco remate campestre àquele curto rompante de luxo barato — que partira para transformar a velha cidade, e estacara logo, com o fôlego curto, entre montões de cascalho».

---

(15) Cf. João MEDINA, *Eça político*, Lisboa, Seara Nova, 1974, pp. 63 ss..

Em última análise, o que isto significa é que os movimentos de renovação nacional não se conseguem à custa do «luxo barato» de meras transformações arquitectónicas; ou seja, um monumento (o dos Restauradores) não chega para salvar um país outrora (no tempo representado pela estátua de Camões) grandioso. Para atingir um tal desígnio, há que fazer apelo a uma vitalidade colectiva e a motivações de amplitude nacional que o «fôlego curto» da «geração nova e miúda» visivelmente não é capaz de inspirar.

Tudo isto é apreendido pela visão de Carlos e algo mais ainda: também determinadas causas explicativas do cenário histórico propiciado pelo Liberalismo frustrado são vislumbradas pela atenção crítica do protagonista, quando nota «as botas desses cavalheiros, botas despropositadamente compridas, rompendo para fora da calça colante com pontas aguçadas e reviradas como proas de barcos varinos...» (p. 702). E com estas palavras está aberto caminho para uma mais rigorosa definição dos vectores ideológicos que dominam este episódio. É agora a João da Ega (que neste momento, mais do que nunca, perfilha também os juízos de Carlos) que cabe explicitar o significado simbólico dessas botas:

> Via-se por ali como a coisa era. Tendo abandonado o seu feitio antigo, à D. João VI, que tão bem lhe ficava, este desgraçado Portugal decidira arranjar-se à moderna: mas, sem originalidade, sem força, sem carácter para criar um feitio seu, um feitio próprio, manda vir modelos do estrangeiro — modelos de ideias, de calças, de costumes, de leis, de arte, de cozinha. Somente, como lhe falta o sentimento da proporção, e ao mesmo tempo o domina a impaciência de parecer muito moderno e muito civilizado — exagera o modelo, deforma-o, estraga-o até à caricatura (p. 703).

Na explicação mordaz de Ega, evidenciam-se duas facetas de uma mesma coordenada ideológica: uma delas identifica-se com a recusa da importação cultural estrangeira consumada de forma acrítica; não é propriamente (note-se bem) para uma atitude de puro isolacionismo cultural que apontam as palavras de Ega. Com efeito, a denúncia que neste caso se leva a cabo tem em vista fundamentalmente o esvaziamento da identidade nacional, em grande parte provocado pela errónea interpretação de modelos e esquemas culturais alheios; o que, de modo sintético, se poderia resumir à denúncia do francesismo sistematicamente absorvido, na linha de um outro testemunho queirosiano idêntico a este, mas situado num outro nível de expressão ideológica (16). A segunda das duas facetas referidas concentra-se na referência ao «feitio antigo, à D. João VI, que tão bem lhe ficava» e constitui uma espécie de sugestão a desenvolver logo de seguida por Carlos. Com efeito, é especialmente ao protagonista que cabe descortinar o que ainda existe de autêntico no cenário português e sobretudo vinculá-lo a um determinado tempo histórico:

> Carlos, recostado no banco, apontou com a bengala, num gesto lento:
> — Resta aquilo, que é genuíno...
> E mostrava os altos da cidade, os velhos outeiros da Graça e da Penha, com o seu casario escorregando pelas encostas ressequidas e tisnadas do sol. No cimo assentavam pesadamente os conventos, as igrejas, as atarracadas vivendas eclesiásticas, lembrando o frade pingue e pachorrento, beatas de mantilha, tardes de procissão, irmandades de opa atulhando os adros, erva-doce juncando as ruas, tremoço e fava-rica apregoada às esquinas, e foguetes no ar em louvor de Jesus. Mais alto ainda, recortando no radiante azul a miséria da sua muralha, era o Castelo, sórdido e tarimbeiro, donde outrora, ao som do hino tocado em fagotes, descia a tropa de calça branca a fazer a bernarda! E abrigados por ele, no escuro bairro de S. Vicente e da Sé, os palacetes decrépitos, com vistas saudosas para a barra, enormes brasões nas paredes rachadas, onde, entre a maledicência, a devoção e a bisca, arrasta os seus derradeiros dias, caquéctica e caturra, a velha Lisboa fidalga! (p. 704).

O que o fragmento de Lisboa observado por Carlos evoca é efectivamente o Portugal anterior ao Liberalismo, o do tempo do senhor D. João VI, clerical, absolutista e aristocrático; mas se esse Portugal representa um tempo de autenticidade nacional, não há dúvida de que Carlos o vê também com olhos profundamente críticos. Isso mesmo é evidenciado pelo tom pejorativo que a subjectividade da personagem projecta no enunciado: as conotações negativas que envolvem os vocábulos «pingue», «beatas» e «bernarda»; os juízos depreciativos expressos pelo discurso valorativo («pesadamente», «atarracadas», «sórdido», «decrépitos», «caquéctica e caturra»); finalmente, o carácter simbólico que é possível atribuir às «vistas saudosas para a

---

(16) Referimo-nos a um notável ensaio de feição autobiográfica, justamente intitulado «O "Francesismo"» (in *Cartas e outros escritos*, Lisboa, Livros do Brasil, s/d., pp. 322-343), no qual Eça resume o seu pensamento afirmando que «Portugal é um país traduzido do francês em calão».

barra» e às «paredes rachadas» dos palacetes (trata-se de uma época cristalizada na mera contemplação passiva de um passado marítimo glorioso, cristalização essa que explica as fendas abertas no seu edifício social), tudo isto ajuda a definir com rigor o julgamento a que Carlos submete dois tempos históricos em confronto. Desiludido com o presente liberal e constitucional de feição decadente (não obstante os esforços para transformar o aspecto físico da capital), o protagonista vira-se para o passado recente; e reconhecendo nele uma autenticidade que o presente afrancesado postergou, descortina também defeitos que, nem por se deverem a causas diversas (o saudosismo inoperante, a intolerância ideológica, etc.), são mais desculpáveis. Pelo que só resta uma amarga nostalgia do passado mais recuado, simbolizado pela figura de Camões:

Símbolo espacial	«Estátua triste de Camões»	«Os altos da cidade»; «o Castelo»; «os palacetes decrépitos»	Chiado/Restauradores
Símbolo humano	Luís de Camões	«O frade pingue»; «beatas de mantilha»; «irmandades»; «a tropa».	«A mesma sentinela sonolenta»; «vadios»; «sujeitos melancólicos». Dâmaso e Eusebiozinho.
Época histórica simbolizada	Portugal expansionista (anterior a 1580)	Portugal absolutista (anterior a 1820)	Portugal regenerado (posterior a 1851)
Sentimento despertado	Nostalgia	Autenticidade (saudosista)	Decadência/Frustração

Posto isto, estamos em condições de concluir que ideologicamente se aponta, no final dos *Maias*, na direcção de um nacionalismo depurado da miopia saudosista do Portugal absolutista; isto é, descrendo do presente estagnado como do passado recente, cultural e ideologicamente ultrapassado, Carlos parece sugerir que a identidade nacional só se reconstitui com a recuperação dos valores de uma autenticidade esquecida, mas capaz de conferir algum sentido a eventuais esforços de restauração histórica.

Note-se, entretanto, que a configuração ideológica de Carlos se limita ao plano das sugestões e não consegue passar ao das realizações, como simbolicamente o deixa prever a passiva atitude física da personagem, «recostado no banco». E isto porque, dominada por uma mentalidade fradiquista (17), a personagem central surge em Lisboa com os traços da sua anterior superioridade cultural e mental francamente distorcidos. Carlos é agora, mais do que nunca, o *dandy* ocioso, sobranceiro e distanciado das misérias da Pátria; mas é também o apaixonado pelo pitoresco, que periodicamente visita Portugal para retomar o contacto com o que resta de genuíno (sobretudo os pratos tradicionais da cozinha portuguesa...) num cenário em que, no entanto, não acede a viver definitivamente: porque, para ele, «Paris era o único lugar da Terra congénere com o tipo definitivo em que ele se fixara: "o homem rico que vive bem"» (p. 713).

A este sentimento não é alheio, entretanto, um pessimismo radicado em causas pessoais. Partilhado também por um Ega igualmente desiludido («Não sabe a gente para onde se há-de voltar... E se nos voltamos para nós mesmos, ainda pior!» p. 704), esse pessimismo acentua-se quando do contacto com o Ramalhete atingido por sinais evidentes de destruição e morte:

> No salão nobre os móveis de brocado, cor de musgo, estavam embrulhados em lençóis de algodão, com(o) amortalhados, exalando um cheiro de múmia a terebintina e cânfora. E no chão, na tela de Constable, encostada à parede, a condessa de Runa, erguendo o seu vestido escarlate de caçadora inglesa, parecia ir dar um passo, sair do caixilho dourado, para partir também, consumar a dispersão da sua raça... (p. 707).

Nas comparações enunciadas («com (o) amortalhados, exalando um cheiro de múmia a terebentina e cânfora»), na interpretação que a visão de Carlos atribui ao retrato da condessa de Runa («parecia ir dar um passo, sair do caixilho dourado, para partir também, consumar a dispersão da sua raça...») e sobretudo na amarga nostalgia provocada pela vivência subjectiva do tempo (18), em tudo isto vislumbram-se vestígios inegáveis do sentimento de pessimismo a que nos referimos.

---

(17) Com inteira razão, António José Saraiva viu em Carlos traços de familiaridade com uma outra personagem queirosiana: o Carlos Fradique da *Correspondência de Fradique Mendes* (Cf. *As ideias de Eça de Queirós*, Lisboa, Centro Bibliográfico, s/d., pp. 117 ss.).

(18) Cf. *Os Maias*, p. 710 e *supra*, pp. 147-149, o comentário que fizemos à passagem indicada.

Um pessimismo que não pode, por outro lado, ser dissociado das sequelas da intriga e da concepção trágica da existência dela defluente.

6.3. Ideologia do trágico

Desde a Antiguidade que à tragédia cabe uma função de reflexão profunda e solene (Aristóteles dizia sintomaticamente que «a tragédia é imitação de uma acção completa, constituindo um todo que tem uma certa grandeza» ([19])), reflexão essa sistematicamente virada para «os grandes problemas das relações dos homens com os deuses e dos homens com os homens» ([20]). Não é de admirar, portanto, que do universo trágico decorram questões de grande densidade filosófica e ideológica. Como não é de estranhar igualmente que essas questões se possam descortinar nos *Maias*, reconhecendo-se embora que não estamos perante uma tragédia, no sentido estrito e técnico do termo; todavia, no capítulo dedicado à acção, ficou evidenciada a afinidade temática da intriga do romance em análise com o universo da tragédia, afinidade que se estende até ao modo de desenrolar dos factos que integram a referida intriga.

Para além disso, *Os Maias* situam-se, como se sabe, numa época de complexa transformação e crise ideológica, na sequência do primado do Positivismo. E se invocamos desde já este facto, é porque temos a noção de que não se pode isolar uma certa evolução ideológica, dos valores fundamentais que informam a estética do trágico, valores esses variavelmente pertinentes em função da referida evolução.

Numa obra notável em que se ocupa da problemática do trágico, Jean-Marie Domenach ([21]) demonstrou justamente que, em determinados períodos da história do pensamento ocidental, aquela problemática se revela inviável: afirma Domenach que «as duas grandes forças que se vão defrontar a partir da Renascença — a Revelação cristã e a Razão filosófica — têm um inimigo comum: a tragédia»,

---

(19) *Poética*, 1450 b, Lisboa, Guimarães Editores, 1964, p. 114.

(20) M. Helena DA ROCHA PEREIRA, *Estudos de História da Cultura Clássica*, 4.ª ed., Lisboa, Fund. Calouste Gulbenkian, 1976, I vol., p. 335.

(21) *O retorno do trágico*, Lisboa, Moraes Editores, 1968.

acrescentando sugestivamente que «Jesus Cristo põe fim ao *suspense* de Deus» (22).

Sabe-se bem que a tragédia se desencadeia sempre que uma força transcendente, dotada de um poder arbitrariamente exercido, põe em causa a segurança e a felicidade dos homens. Deste modo, a tragédia situa-se nos antípodas de concepções da existência alheias à aceitação de uma condenação irreversível; por isso mesmo, as filosofias racionalistas, acreditando que o homem tem acesso, através da razão, ao conhecimento da realidade, são adversas aos mistérios imperscrutáveis do trágico; e o Cristianismo, conferindo à Redenção de Cristo a função de superar a condenação original, constitui também uma crença nas possibilidades de ultrapassar uma vontade tirânica análoga à que, na tragédia, impõe aos homens os seus desígnios insondáveis (23).

Ora a problemático do trágico reveste-se de particular relevo no contexto das correntes de pensamento de feição materialista que dominam uma boa parte do século XIX. Com efeito, com o advento do Positivismo, assiste-se à afirmação e imposição de concepções eufóricas da existência, ao mesmo tempo que as possibilidades do conhecimento humano parecem não encontrar obstáculos intransponíveis. É dentro destas coordenadas que a sociologia de Comte aspira a um aperfeiçoamento das formas de vida social, por meio do estudo aturado das suas leis específicas e dos elementos que condicionam a sua configuração; do mesmo modo, o Determinismo de Taine julga poder explicar, de forma inegavelmente mecânica, certos fenómenos culturais (por exemplo, a produção literária) por força das incoercíveis imposições de factores como o ambiente, a raça e o momento histórico-social.

Em função do exposto, não é difícil inferir que o Naturalismo, como período estético-literário alicerçado, em grande parte, em correntes de pensamento como o Positivismo e o Determinismo, manifesta-se

---

(22) *Op. cit.*, pp. 70 e 71.

(23) Jean-Marie DOMENACH explica que a tragédia de Racine se deve justamente a uma crise de confiança na salvação do homem; e assim reaparece, por força do pensamento jansenista (o «Deus escondido» de que fala Lucien Goldmann), «a separação de Deus com o mundo» a par da «figura edipiana do justo a quem foi recusada a Graça, do culpado involuntário; do devoto escarnecido pela divindade» (*op. cit.*, pp. 75-76).

francamente adverso a qualquer tipo de concepção trágica da existência. De facto, ao procurar analisar, em termos de ficção narrativa, determinadas anomalias do mundo contemporâneo, o romance naturalista tende a evidenciar justamente os factores perniciosos (educação, meio, hereditariedade, etc.) que provocam essas anomalias; porque, uma vez corrigidas as distorções que estão na origem dos conflitos patenteados pelas intrigas romanescas, eliminar-se-á a possibilidade da sua repetição. Ou seja: com o Naturalismo, o escritor desposa a convicção de que o homem pode dominar e controlar a sua existência sem necessidade de invocar forças transcendentes. Pelo que, se fatalismo existe no universo da ficção naturalista, é o do necessário aparecimento de certos fenómenos (o adultério, a loucura, o alcoolismo, etc.), quando certos factores (as leituras românticas, a hereditariedade, a influência de ambientes degradados, etc.) fazem prever a sua ocorrência; mas nunca o fatalismo derivado da sujeição dos homens a imprevisíveis determinações divinas, arbitrariamente impostas e insusceptíveis de serem pacificamente resolvidas.

Porquê, então, a problemática do trágico nos *Maias*? É que *Os Maias* surgem numa época de crise de confiança nas coordenadas ideológicas subjacentes ao Naturalismo. Que a descrença na estética naturalista se encontra espelhada, de vários modos, ao longo das páginas da obra, já o evidenciámos por diversas vezes, reconhecendo-se, embora, que essa descrença não corresponde a um corte radical, mas antes a uma transformação das directrizes da escola literária em questão.

É tendo em conta este papel de inovação estética que, no contexto da ficção de Eça, *Os Maias* representam, que se justifica o recurso à problemática do trágico, como processo de sugestão de vectores ideológicos distanciados dos que eram próprios do Naturalismo. Com efeito, a dimensão trágica da intriga dos *Maias* insiste fundamentalmente em valores anti-positivistas: a incapacidade do homem controlar a sua existência, o carácter imprevisível dos fenómenos, a derrocada de uma situação de felicidade que aparentemente nada poderia pôr em causa. O que significa que, no protagonista da intriga dos *Maias,* reencontramos uma atitude fundamental da personagem trágica: «o *hubris,* que é uma imperfeição no carácter do herói grego, é a ilusão de um homem que sabe que é forte e acredita que nada pode abalar aquela força» [24]. Infelizmente para Carlos, o absurdo de uma intriga inexplicável à luz de uma argumentação lógica destrói essa ilusão de segurança tão adequada a um século até certo ponto cientificamente eufórico e plenamente convencido de que o progresso técnico e social poderia ignorar a arbitrariedade transcendental.

Por isso mesmo, não se estranha que, quando sobrevém o reconhecimento que antecede a catástrofe trágica, seja Ega a personagem mais directamente atingida pela crise de confiança em valores até então julgados inabaláveis, sobretudo por parte da personagem referida:

> Guimarães não descia. No segundo andar surgira uma luz viva, numa janela aberta. Ega recomeçou a passear lentamente pelo meio do largo. E agora, pouco a pouco, subia nele uma incredulidade contra esta catástrofe de dramalhão. Era acaso verosímil que tal se passasse, com um amigo seu, numa rua de Lisboa, numa casa alugada à mãe Cruges?... Não podia ser! Esses horrores só se produziam na confusão social, no tumulto da Meia Idade! Mas numa sociedade burguesa, bem policiada, bem escriturada, garantida por tantas leis, documentada por tantos papéis, com tanto registo de baptismo, com tanta certidão de casamento, não podia ser! Não! Não estava no feitio da vida contemporânea que duas crianças, separadas por uma loucura da mãe, depois de dormirem um instante no mesmo berço, cresçam em terras distantes, se eduquem, descrevam as parábolas remotas dos seus destinos — para quê? Para virem tornar a dormir juntas no mesmo ponto, num leito de concubinagem! Não era possível. Tais coisas pertencem só aos livros, onde vêm, como invenções subtis da arte, para dar à alma humana um terror novo... (p. 621).

Para Ega, o que está em causa é, antes de mais, o significado ideológico de um incesto estranho numa sociedade que se julgava perfeita; só que (e é aqui que começa a crise vivida por Ega) os factos evidenciados por esse misterioso Guimarães colidem brutalmente com a feição disciplinada de um sistema social espartilhado pela burocracia e, portanto, aparentemente inadequado à eclosão do excepcional:

> Depois levantava os olhos para a janela alumiada — onde o sr. Guimarães, decerto, rebuscava os papéis na mala. Ali estava porém esse homem com a sua história — em que não havia uma dircordância, por onde ela pudesse ser abalada!... (p. 621).

---

(24) W. H. Auden, «The Christian Tragic Hero», in *The New York Times Book Review*, Dezembro 16, 1945, p. 1 (cit. por William K. Wimsatt Jr. e Cleanth Brooks, *Crítica Literária. Breve História*, Lisboa, Fund. Calouste Gulbenkian, 1971, p. 72).

Uma nova ordem se impõe, por conseguinte: a do absurdo inexplicável em termos racionais, isto é, a da sujeição a explicações de tipo transcendente que tendam a enraizar os fenómenos nos desígnios insondáveis de entidades supra-humanas. E o que é mais significativo ainda é que, instalada a crise no espírito de Ega (ou seja, no seio da euforia positivista), as próprias tentativas de resistência aos factos acabam por se autodesmentir: de facto, Ega tenta ainda (pp. 621-622) argumentar dentro de uma óptica causalista, explicando a ligação de Carlos com Maria Eduarda por força de um factor material — a beleza física de ambos. Só que outros elementos fulcrais ficam por justificar, como seja, por exemplo, o facto de Maria Eduarda ser atraída justamente à Lisboa em que vive o irmão; isto para além de Ega não se atrever também a tentar descortinar causas lógicas que sustentem o atribulado percurso biográfico da personagem, assim como a perda total de contacto com a família que lhe restava. Por isso mesmo, o próprio discurso interior de Ega começa a carregar-se de uma ambiguidade sintomática:

> Na pequenez da Baixa e do Aterro, onde todos se acotovelavam, os dois fatalmente se cruzam: e com o seu brilho pessoal, muito fatalmente se atraem! (p. 622).

Naquele «fatalmente» poderá estar ainda alguma coisa da fatalidade (no sentido determinista) própria do raciocínio naturalista; mas está já certamente em embrião (e o carácter plurissignificativo da linguagem literária autoriza esta fluidez semântica) uma certa concepção da existência: a que se apoia nos laços etimológicos que o vocábulo «fatalmente» sustenta com o *fatum,* isto é, com o destino e com o que nele existe de arbitrário e imperscrutável.

Por isso mesmo, não se estranha que, no episódio final, o romance se encerre com uma mensagem ideológica identificada com uma concepção fatalista da existência, amadurecida nos dez anos entretanto acumulados:

> Riram ambos. Depois Carlos, outra vez sério, deu a sua teoria da vida, a teoria definitiva que ele deduzira da experiência e que agora o governava. Era o fatalismo muçulmano. Nada desejar e nada recear... Não se abandonar a uma esperança — nem a um desapontamento. Tudo aceitar, o que vem e o que foge, com a tranquilidade com que se acolhem as naturais mudanças de dias agrestes e de dias suaves. E, nesta placidez, deixar esse pedaço de matéria

organizada que se chama o Eu ir-se deteriorando e decompondo até reentrar e se perder no infinito Universo... Sobretudo não ter apetites. E, mais que tudo, não ter contrariedades.

Ega, em suma, concordava. Do que ele principalmente se convencera, nesses estreitos anos de vida, era da inutilidade de todo o esforço. Não valia a pena dar um passo para alcançar coisa alguma na Terra — porque tudo se resolve, como já ensinara o sábio do «Ecclesiastes», em desilusão e poeira. (p. 715).

Em última análise, o pessimismo existencial nestas palavras patenteado, constitui a mais radical negação do Naturalismo determinista e positivista, assim como dos seus entusiásticos projectos de profilaxia social; uma negação convictamente partilhada, como se pode ver, por um Ega em quem frutificaram, de modo exuberante, os germes da dúvida ideológica projectada nas reflexões que as revelações de Guimarães tinham suscitado.

Ora, em função do exposto, não é difícil perceber que este diálogo final desempenha uma função de cúpula ou epílogo ideológico que abarca o nível da intriga e o da crónica de costumes: desiludidas por uma existência estigmatizada pelo ferrete da tragédia como pelo do falhanço social, às duas personagens resta apenas a opção do fatalismo que é, ao mesmo tempo, a da descrença nas suas próprias possibilidades. Só que esta atitude de desprendimento e desengano contém em si uma outra faceta não menos trágica, sobretudo porque não apreendida por personagens que finalmente se julgam clarividentes: referimo-nos à própria impossibilidade de assumir coerentemente a teoria de vida exposta. E isto porque, se se reconhece que os supremos ideias da existência se resolvem «em desilusão e poeira» (p. 715), há, ainda assim, solicitações prosaicas (como o recordar o gosto de paio com ervilhas ou apanhar um carro que foge) que valem uma corrida ofegante; corrida que sugere talvez o ressurgir do interesse de viver, carecente afinal de estímulos que inspirem a reactivação da vitalidade humana:

Os dois amigos lançaram o passo, largamente. E Carlos, que arrojara o charuto, ia dizendo na aragem fina e fria que lhes cortava a face:

— Que raiva ter esquecido o paiozinho! Enfim, acabou-se. Ao menos assentámos a teoria definitiva da existência. Com efeito, não vale a pena fazer um esforço, correr com ânsia para coisa alguma.

Ega, ao lado, ajuntava, ofegante, atirando as pernas magras:

— Nem para o amor, nem para a glória, nem para o dinheiro, nem para o poder...

A lanterna vermelha do americano, ao longe, no escuro, parara. E foi em Carlos e em João da Ega uma esperança, outro esforço:

— Ainda o apanhamos!

— Ainda o apanhamos!

De novo a lanterna deslizou e fugiu. Então, para apanhar o americano, os dois amigos romperam a correr desesperadamente pela Rampa de Santos e pelo Aterro, sob a primeira claridade do luar que subia (p. 716).

6.4. Síntese

- Ideologia
  - Processos conotativos de expressão ideológica
    - Significação ideológica
    - Signos
      - Caracterização indirecta
      - Focalização interna
      - Tempo psicológico
      - Níveis de acção
        - Crónica de costumes
        - Intriga
  - Narrador
    - Personagens
      - Adesão
        - Carlos (pp. 96 e 252)
        - Afonso (pp. 15, 475, *passim*)
        - Ega (pp. 130, 199, *passim*)
        - Craft (p. 186)
      - Justificação: diletantismo de Carlos (pp. 129 e 187)
      - Rejeição
        - Dâmaso (pp. 188-189, *passim*)
        - Eusebiozinho (pp. 68-69, 120, 126, *passim*)
    - Naturalismo (pp. 162-163)
  - Personagem central
    - Naturalismo (p. 164)
    - Personagens
      - Adesão
        - Afonso (pp. 667, 669, 671, *passim*)
        - Ega (pp. 104, 133, 146, 149, *passim*)
        - Craft (pp. 153, 171, 186, *passim*)
      - Rejeição
        - Dâmaso (pp. 266, 307, 373, *passim*)
        - Eusebiozinho (pp. 225-226, *passim*)
    - Ambientes
      - Corridas: provincianismo (pp. 312 ss.)
      - Episódio final
        - Nostalgia: Camões (p. 697)
        - Decadência
          - Chiado (p. 697)
          - Dâmaso (p. 697)
          - Eusebiozinho (p. 705)
        - Frustração: Restauradores (pp. 701-702)
        - Autenticidade (saudosista): Castelo (p. 704)
  - Ideologia do trágico
    - Tragédia e ideologia
    - Naturalismo e ideologia
    - Personagens
      - Ega: crise ideológica (pp. 621-622)
      - Carlos e Ega
        - Fatalismo
        - Pessimismo > (pp. 715-716)

BIBLIOGRAFIA [1]

ALBUQUERQUE, Alexandre de – «O problema da Educação em Eça de Queiroz», in *Revista da Faculdade de Letras*, tomo IV, n.os 1 e 2, Lisboa, 1937, pp. 197-227.

ANDRADE, João Pedro de – «Eça e o teatro (A propósito duma adaptação de *Os Maias*)», in L. Miguel Pereira e Câmara Reys (eds.), *Livro do centenário de Eça de Queiroz*, Lisboa/Rio de Janeiro, Edições Dois Mundos, 1945, pp. 679-687.

BERARDINELLI, Cleonice – «Para uma análise estrutural da obra de Eça de Queirós», in *Colóquio/Letras*, 2, Lisboa, 1971, pp. 22-30.

BERRINI, Beatriz – *Portugal de Eça de Queiroz*, Lisboa, Imprensa Nacional-Casa da Moeda, 1984.

BISMUT, Roger «"Os Maias", imitação ou recriação de Flaubert?», in *Colóquio/Letras*, 69, 1982, pp. 20-28.

CASTELO-BRANCO, Fernando – «Será o Alencar dos «Maias» um retrato de Bulhão Pato?», in *Ocidente*, vol. LXII, n.º 290, Lisboa, 1962, pp. 257-272.

COELHO, Jacinto do Prado – «Para a compreensão d'*Os Maias* como um todo orgânico», in *Ao contrário de Penélope*, Lisboa, Bertrand, 1976, pp. 167-188.

COLEMAN, Alexander – *Eça de Queirós and European Realism*, New York/London, New University Press, 1980.

FRANCAVILLA, Robert – "Viagem e Cosmopolitismo em *Os Maias* de Eça de Queirós", in Ana Margarida Falcão *et alii* (eds.), *Literatura de Viagem*, Lisboa, Cosmos, 1997.

LACERDA, Alberto de – «*Os Lusíadas* e *Os Maias* um binómio português?", in *Colóquio/ /Letras*, 72, Lisboa, 1983, pp. 29-40.

LAPA, Rodrigues – «O processo do «vencidismo» em «Os Maias» de Eça de Queiroz», in *O Diabo*, 139, Lisboa, 1937, p. 1.

---

[1] Os títulos indicados representam apenas estudos ou partes de estudos dedicados especificamente ao romance *Os Maias;* as obras precedidas de asterisco constituem estudos de conjunto sobre a ficção queirosiana. As informações aqui facultadas podem ser completadas em E. GUERRA DA CAL, *Lengua y estilo de Eça de Queiroz. Apêndice: bibliogreafia queirociana sistemática y anotada e iconografia artística del hombre y de la obra*, tomos 1.º e 4.º, Coimbra, Acta Universitatis Conimbrigensis, 1976 e 1984, pp. 470-497 e 211-217.

LEPECKI, Maria Lúcia – "Sensorialidade, Sensualidade e Corpo em *Os Maias*", in *Vária Escrita*, 4, 1997.

LIMA, I. Pires de (coord.) – *Eça e os Mais cem anos depois*, Porto, Edições ASA.

LIMA, Isabel Pires de – *As Máscaras do Desengano. Para uma Abordagem Sociológica de "Os Maias" de Eça de Queirós*, Lisboa, Caminho, 1987.

LINS, Álvaro – *História Literária de Eça de Queiroz*, Rio de Janeiro, Edições de Ouro, 1965, 6, II.

MACHADO, Álvaro Manuel – "Sintra Romântica e o Dandismo Baudelairiano em Eça de Queirós", in *Do Romantismo aos Romantismos em Portugal*, Lisboa, Ed. Presença, 1996.

MARTINS, A. Coimbra – «O incesto n'"Os Maias"», in *Ensaios queirosianos*, Lisboa, Pub. Europa-América, 1967, pp. 269-287.

MEDINA, João – «Eça e Ega – Duas atitudes perante a 'choldra'?», in *Seara Nova*, 1506, Lisboa, 1971, pp. 23-30.

MEDINA, João – «O Niilismo de Eça de Queiroz n'"Os Maias"»; «Ascensão e queda de Carlos da Maia», in *Eça de Queiroz e a Geração de 70*, Lisboa, Moraes Editores, 1980, pp. 73-81 e 83-86 (v. rec. crítica in *Colóquio/Letras*, 68, 1982, pp. 81-82).

MEDINA, João – «O pessimismo nacional de Eça de Queiroz», in *Eça político*, Lisboa, Seara Nova, 1974, pp. 49-71.

MENDES, Margarida Vieira – *A Perspectivação Narrativa n'«Os Maias» de Eça de Queirós*, Lisboa, Faculdade de Letras, 1973.

MENDES, Margarida Vieira – «'Pontos de vista' internos num romance de Eça de Queirós: "Os Maias"» in *Colóquio/Letras*, 21, Lisboa, 1974, pp. 34-47.

MINÉ, Elza (org.) – *150 anos com Eça de Queirós. III Encontro Internacional de Queirosianos*, São Paulo, Centro de Estudos Portugueses/USP 1997.

MONTEIRO, Agostinho dos Reis – *Ideologia pequeno-burguesa de Eça de Queiroz*, Porto, Ed. do Autor, 1976, pp. 18-28.

MOOG, Viana – *Eça de Queirós e o século XIX*, 5.ª ed., Rio de Janeiro, Civilização Brasileira, 1966, 3.ª parte, cap. I.

MOURA, J. de Almeida – «"Os Maias", ensaio alegórico sobre a decadência da Nação», in *Cadernos de Literatura*, 14, Coimbra, 1983, pp. 45-56.

PAGEAUX, Daniel-Henri – «Les promenades à Sintra dans *Os Maias* d'Eça de Queirós», in *Arquivos do Centro Cultural Português*, vol. XXXI, 1992.

PIMENTEL, F. J. Vieira – «As viagens de Garret e *Os Maias* de Eça: do romantismo dos autores ao romantismo do leitor», in *Literatura Portuguesa e modernidade*, Ponta Delgada, Ed. do Autor, 1991, pp. 89-100.

PIMENTEL, Jorge Vieira – «As metamorfoses do herói e as andanças do trágico em *Os Maias* de Eça», in *O Arquipélago*, 1, Ponta Delgada, 1979.

RAMALHETE, Clóvis – *Eça de Queiroz*, 4.ª ed., São Paulo, LISA/INL, 1981.

REIS, Carlos – *Estatuto e perspectivas do narrador na ficção de Eça de Queirós*, 3.ª ed., Coimbra, Livraria Almedina, 1984, II parte, caps. III e IV.

REIS, Carlos (coord.) – *Leituras d'Os Maias. Semana de Estudos Queirosianos*, Coimbra, Livraria Minerva, 1990.

REIS, Carlos – «Eça – Os Maias», in *Panorama da Literatura Universal*, II, Círculo de Leitores, Lisboa, 1991, pp. 37-39.

ROSA, Alberto Machado da – *Eça, discípulo de Machado?*, 2.ª ed., Lisboa, Editorial Presença, s/d, pp. 339-401.

SARAIVA, António José – *As Ideias de Eça de Queirós*, 2.ª ed., Amadora, Bertrand, 1982, cap. IV.

SÉRGIO, António – «Notas sobre a imaginação, a fantasia e o problema psicológico-moral na obra novelística de Queirós», in *Ensaios*, tomo VI, Lisboa, Sá da Costa, 1971, pp. 96-105.

SIMÕES, João Gaspar – *Eça de Queirós*, 2.ª ed., Arcádia, s/d., II parte, cap. VI.

SIMÕES, João Gaspar – *Vida e obra de Eça de Queirós*, 2.ª ed., Lisboa, Bertrand, 1973, VII parte, cap. III.

TEYSSIER, Paul – «Os Maias cent ans après», in *Études de Litterature et de Linguistique*, Paris, F. C. Gulbenkian/C.C. Português, 1990, pp. 73-100.

VALÉRIO, Elisa – *Para uma Leitura de Os Maias de Eça de Queirós*, Lisboa, Ed. Presença, 1997.

VIDAL, Frederico Perry – *Eça de Queiroz e a riqueza gestual n'Os Maias*, São Paulo, Ed. do Autor, 1996.

VIDAL, Frederico Perry – *Os enigmas n'Os Maias de Eça de Queiroz*, s.l., Seara Nova Editores, 1995.

ÍNDICE DE AUTORES

ÍNDICE GERAL